In himmlischer Ruh

Vor der Tür des Herzens

Du brauchst Gott
weder hier
noch dort
zu suchen.
Er ist nicht ferner
als vor der Tür des Herzens.
Da steht er
und harrt und wartet,
wen er bereit finde,
der ihm auftue und ihn einlasse.
Du brauchst ihn nicht
von weither herbeizurufen:
Er kann es weniger erwarten
als du, dass du ihm auftust.
Es ist ein Zeitpunkt:
Das Auftun und das Eingehen.
In unserem tiefsten Innern,
da will Gott bei uns sein.
Wenn er uns nur daheim findet
und die Seele nicht ausgegangen ist
mit den fünf Sinnen.

Meister Eckhart

In himmlischer Ruh

24 Geschichten zur guten Nacht

Ein Adventskalender

benno

„Warten lohnt sich – nicht nur im Advent!“

Advent erinnert uns an etwas, was sozusagen zum Grundbestandteil menschlichen Lebens gehört: Er erinnert uns an das Warten. Freilich, was erwarten wir denn? Manchem mag die Antwort leicht fallen: Das Glück natürlich, was sonst? Wir warten auf Änderung, auf Besserung. Manchmal frage ich mich, ob in dem allem nicht noch ein Schatten von dem ist, was adventliche Erwartung meint. Sie ist der umfassendste Entwurf, der alles, was Erwartung ist, ausmacht. Es geht dabei um nichts weniger als um dieses Neue, Bessere, das in der Bibel einmal mit dem Satz beschrieben wird – und da ist das Ganze gemeint: Wir warten auf einen neuen Himmel und eine neue Erde. Manchem mag das utopisch erscheinen. Aber wenn es auch nicht in unsere Vorstellungen so ganz hineinpasst, warum sofort abtun? Auf das

Glück von übermorgen zu warten, ist oft nicht weniger utopisch.
Könnte man es nicht einmal ausprobieren mit dieser Art Warten? Freilich, neuer Himmel, neue Erde: Ist das nicht zu weit weg? Mancher mag das meinen. Liegt aber darin nicht irgendwie etwas von der undefinierbaren Hoffnung, die wir im stillen Winkel unseres Herzens aufbewahrt haben: „Dass einmal alles gut werde?"
Warten auf einen neuen Himmel, auf eine neue Erde. Das muss ja nicht heißen: Flucht aus der Gegenwart. Das kann auch heißen: Erinnerung daran, dass die Welt einmal zum Ziel kommt und dass sie eine Zukunft hat.
Ich finde, uns fehlt doch heute geradezu der Entwurf einer Welt, die Zukunft hat. Das kann man oft an denen ablesen, die resignieren, die aufgeben, sich selber und ihre Chancen, das Leben zu gestalten. Die damit eine Welt aufgeben, die auf eine neue Erde hinweist, und einen Himmel, der auf eine große Erneuerung hinzielt. Advent will uns ermutigen, nicht aufzugeben. Nicht diese Erde, nicht uns selbst.
Das ist wohl der umfassendste Entwurf für alles, was christliches Warten auszeichnet. Wie sollte

es nicht wieder Auftrieb bekommen, Spannung und Ungeduld? Es geht dabei um jene Ungeduld, die an dem Wort Gottes sich entzündet, das von einem neuen Menschen redet und eine neue Welt verspricht. Dass man dabei in eine gewisse Spannung gerät, davon spricht schon Dietrich Bonhoeffer: „Niemand besitzt Gott so, dass er nicht mehr auf ihn warten müsste; und niemand kann auf Gott warten, der nicht wüsste, dass Gott schon längst auf ihn gewartet hat."

Aber weil man das alles nicht mehr so recht zusammenbekommt, darum haben sich jene Stimmen mehr und mehr durchgesetzt, die sagen: Vielleicht ist es doch ganz anders. Vielleicht ist das die ganze Wirklichkeit: Das leere Grau, das tägliche Auf und Ab, die versiegende Hoffnung, die Enttäuschung. Es ändert sich nichts.

Advent sollte uns kühner machen, weil uns das Kommen Gottes aufs Neue sagt, dass er uns voraus ist, uns an jedem unserer Ausgangs- wie Endpunkte schon erwartet. Vielleicht fragt man dann nicht mehr bei jeder Entwicklung, was kommt wohl jetzt wieder auf uns zu? Man wird eher neugierig darauf, wie die Geschichte nach vorwärts drängt und in welchen Formen auf die

große Erneuerung hingewiesen wird. Sicher, es ist dann fast eine paradoxe Chance des Wartens, dass die Hoffnung gegen alle Hoffnung wahr wird und recht behält.
Der Advent Gottes jedenfalls sagt uns, es wird nicht ewig so weiter gehen. Wir werden nicht immer die sein müssen, die wir nicht sein wollen. Gott ist auf dem Weg. Er kann neu die Spur seines Kommens in unserer Mitte legen.
Zwar mögen unsere Augen noch suchen, aber die Hoffnung in uns weiß: Er ist unterwegs. Advent so feiern, das könnte uns von den vielen Fragen, Anmerkungen und Kommentaren wegführen zu der einen notwendigen Frage: „Wie soll ich dich empfangen?"
Tatsächlich also, „wie …"? Wir wissen es nicht mehr so ganz genau. Das könnte aber auch eine Chance sein, das Staunen wieder zu lernen darüber, dass wir mehr bekommen, als wir erwartet haben – Gott wird einer von uns – uns zu gut.

Henriette und Johannes Kuhn

2

Wie der Winter entstand

Es gab einst keinen Winter, sondern es war immer Sommer. Von den Tieren, die zur Welt kamen, starb keines, sei es nun klein oder groß, und sie vermehrten sich so sehr, dass sie die ganze Erde übervölkerten. Auch wurden sie im Laufe der Zeit groß und stark, und so wollte schließlich ein eitler Frosch eine junge Frau zur Braut haben. Sie war sehr schön und von vielen Jünglingen umworben, doch der mächtige Frosch ließ ihr keine andere Wahl. Da ging der Vater zum lieben Gott, der gerade auf der Erde wandelte, und klagte über jenen Frosch und dessen Absicht, seine Tochter zur Heirat zu zwingen. Der liebe Gott sagte darauf zu ihm: „Geh nur wieder nach Hause und sage dem Frosch, er möge all seine Artgenossen und Verwandten auf der Erde zusammenrufen und sie als Brautwerber

mitbringen, wenn er um die Hand deiner Tochter anhält."
Sogleich lief der Mann zum Frosch und sprach: „Rufe alle dir gleichen und verwandten Tiere der Erde herbei und führe sie zu mir, wenn du um meine Tochter wirbst." Der Frosch sprang eilig auf, und es gelang ihm, in nur kurzer Zeit unzählige Frösche, Schlangen, Eidechsen und was sonst noch alles keucht und fleucht auf Erden zu versammeln. Bald waren es so viele, dass das ganze Feld dunkel wurde. Alle machten sich auf den Weg zu jenem schönen Mädchen. Im selben Augenblick aber sprach Gott zu dem Vater: „Öffne das Tor dort!" Und der Mann tat, wie ihm geheißen.
Es war das Tor, hinter dem zu jener Zeit die Winde und die Fröste verschlossen waren. Und kaum war es geöffnet, schon begannen starke Stürme aufzuziehen, Schnee fiel vom Himmel, und bald fegte ein dichtes Schneetreiben über die Ebene hinweg. All die Tiere, die mit dem Frosch als Brautwerber gekommen waren, flüchteten, ein jedes, wohin es nur konnte: Einige schlichen in den Wald, andere krochen ins Wasser, der Rest aber, der nicht schnell genug flüchten konnte,

erfror in der eisigen Kälte. Am Ende waren nur wenige übrig geblieben. Jene, die in den Wald geflüchtet waren, leben auch heute noch dort, die anderen hingegen verbringen ihr Leben seitdem im Wasser.
Seit jener Zeit also gibt es auch den Winter. Nach Gottes Willen sollte nunmehr eine Jahreshälfte Sommer sein, damit alles fruchtbar werde und sich vermehre, dann aber sollte der Winter herrschen, den nicht alle Tiere überleben. Daher können es auch nie mehr so viele werden wie zu jener frühen Zeit.
Und all dies bewirkte, man stelle es sich vor, ein eitler Frosch, der sich vor Übermut vergaß und ein junges Mädchen zur Braut haben wollte.

Bulgarisches Märchen

3

Das Waldkind

Es war einmal eine arme Bauersfrau, die hatte sechs Kinder, der Mann aber war gestorben. Sie musste zusehen, wie sie allein die Kinder ernährte. Doch von dem kleinen Stück Acker, das sie ihr Eigen nannte, konnten sie nicht so viel ernten, dass sie ein Jahr satt zu essen hatten. So mussten sich die älteren Kinder bei den Bauern des Dorfes verdingen und schwere Arbeit leisten, die Kleinen aber halfen im Hause, soviel ihre Hände schaffen konnten. Dennoch waren sie alle lieb und gut zueinander, und wenn sie auch kaum satt wurden, so lachten sie doch viel und freuten sich des Lebens. An Sommerabenden, wenn im Haus und auf dem Feld die Arbeit getan war, ging die Frau oftmals noch in den Wald, um Holz für den Winter zu suchen. Dann konnte es aber auch geschehen, dass sie sich auf einen Baumstumpf setzte, ihre abgearbeiteten Hände betrachtete und darüber nachsann, weshalb das

Leid auf Erden so ungerecht verteilt sei. Niemals fand sie darauf eine Antwort.
Einmal, es war gerade kurz vor Weihnachten, saß sie wieder im Wald und sann. Da war es ihr, als hörte sie in der Nähe das leise Wimmern eines Kindes. Sie schaute sich um, entdeckte jedoch nichts. Nur das Wimmern blieb. Da begann sie im Gebüsch zu suchen, und wirklich fand sie in einem Stück Baumrinde ein kleines Menschlein liegen, das war so klein wie eine Hand, aber es war wunderhübsch. Als es die Frau sah, verstummte es und blickte sie mit tiefblauen Augen an.
„Ach", dachte die Frau, „welch ein hübsches Kind. Sicher hat es Durst. Das trifft sich gut, ich hatte mir ein Fläschchen mit Milch gegen den Hunger mitgenommen. Die Milch wird dem Kind mehr nützen als mir, ich will sie ihm geben. Und mit meiner Schürze will ich es trocken legen."
Sie nahm das kleine Wesen aus der Baumrinde, legte es trocken und gab ihm die Milch zu trinken. Dann hielt sie es solange auf ihrem Schoß, bis es eingeschlafen war. Hernach legte sie es sacht in die Baumrinde zurück und begann Holz zu sammeln. Doch entfernte sie sich nicht weit von der Baumrinde, weil sie in Sorge war, das

Menschlein könnte wieder erwachen und von Neuem zu schreien beginnen.
Da sah sie plötzlich, wie ein Waldweibchen durch das Moos eilte und bei der Baumrinde stehen blieb. Es nickte ein paar Mal mit dem Kopf, lachte vor sich hin und schaute sich um. Als es die Frau sah, kam es auf sie zu und sagte: „Bauernblut, du bist gut, mach ich's quitt, nimm zum Dank die Wiege mit."
Dann eilte das Waldweibchen zur Baumrinde zurück, nahm das kleine Wesen heraus und lief mit ihm in den Wald.
Die Bauersfrau sammelte noch lange Holz. Als der Korb voll war, nahm sie die Baumrinde und legte sie obenauf. „Viel ist es ja nicht", dachte sie, „aber zum Feueranzünden reicht es vielleicht."
Doch als sie zu Hause das Holz ausschüttete, sah sie es glänzen, und es war aus der Baumrinde pures Gold geworden. Da freute sich die Frau, weckte ihre sechs Kinder, und erzählte ihnen die Geschichte von dem Waldweibchen. Andern Tags kauften sie sich von dem Gold ein großes Stück Acker dazu, das sie fortan zusammen bestellten, und seitdem konnten sie sich Tag um Tag kugelrund essen.

Unbekannt

Wenn's wieder geschähe – wie vor langer Zeit

Der heilige Joseph stand in Rom, in der Krippenausstellung, beinahe lebensgroß und aus Holz geschnitzt. Er trug keinen lockigen Greisenbart, er lächelte nicht gütig, er hob die Hände nicht anbetend empor. Die Gruppe, zu der er einmal gehört hatte, war abhandengekommen.

Er war allein, solange die Menge der Besucher an ihm vorbeiströmte, und noch mehr, als mit dem fortschreitenden Abend die Säle sich leerten. Und wahrscheinlich erreichte seine Einsamkeit den Höhepunkt, als in der Weihnacht die Ausstellung geschlossen wurde, als die Lichter gelöscht waren und statt der Schritte und Stimmen der Menschen andere geheimnisvolle Geräusche sich erhoben.

Zu dieser Stunde nämlich begannen sich auf all den kleinen Krippenbühnen die Gestalten zu bewegen. Die Hirten erhoben ihre Stäbe, die Obstverkäuferinnen in den kleinen Bogenhallen beugten sich vor, und die Heiligen Drei Könige trieben ihre Reittiere an. Überall ertönten die eindringlichen Klänge von winzigen Dudelsäcken und die Stimmen der kleinen Wachsengel, die sich an ihren Fäden bewegten und sangen. Und dann geschah es auch dem alten heiligen Joseph, dass er erwachte und sich langsam von den Knien erhob. Dieser heilige Joseph war ohne Zweifel ein sehr trauriger Mann, und wenn er, wie die andern, zum Bewusstsein kam, konnte er nur zum Bewusstsein seiner Traurigkeit kommen. Er hatte einmal, vor sehr langer Zeit, mit seiner Frau Maria in Bethlehem Unterkunft gesucht, und die alten Bekannten hatten sich alles andere als freundlich benommen. In einem Stall war schließlich das Kind zur Welt gekommen, von dem Maria wusste, dass es Gottes Kind war. Maria war sehr glücklich gewesen, aber er selbst hatte das Kind betrachtet und die unangenehmsten Vorgefühle gehabt. Die Menschen, hatte er gedacht, sind böse und habgierig, sie werden sich nicht ändern um dieses kleinen Kindes willen.

Einen Augenblick lang war auch ihm wunderlich zumute gewesen, und zwar als das Licht des großen Sternes durch eine schadhafte Stelle im Dach gerade auf die Krippe fiel. Da hatte er eine Stimme sehr Sonderbares erzählen hören: von Apfelbäumen, die im Winter blühen, von Rosenknospen, die im Schnee aufbrechen, von Flüssen, die Wein statt Wasser führen, und von Quellen, aus denen Honig springt. Er hatte das alles auf des Kindes Leben bezogen, aber das war dann ein recht ärmliches geworden und hatte am Kreuz geendet.

An das alles dachte der alte Joseph, als er sich in der Krippenausstellung von den Knien erhob. Ich will doch sehen, dachte er, wie es jetzt zugeht, wo schon zwei Jahrtausende vergangen sind. Ich will sehen, ob es noch immer Kriegsknechte gibt, und hartherzige Wirte und Mütter, die sich um ihrer Söhne willen die Augen aus dem Kopfe weinen.

Er ging durch den nächsten Saal und betrachtete ein wenig herablassend seine Namensbrüder, die so demütig lächelten und dem Kinde die Windeln hielten. Und dann machte er ein paar raschere Schritte und gelangte durch einen Säulenhof auf die Straße hinaus.

Dort erregte seine Erscheinung nicht das geringste Erstaunen. Er sah genau aus wie einer der vielen alten Männer, die ihr Leben lang schwer gearbeitet haben und deren Rücken krumm und deren Glieder steif geworden sind. Er wurde gestoßen und geschoben von der Menge, die dem Weihnachtsmarkt zustrebte, und als er dort angelangt war, sah er sich voller Verwunderung um. Denn überall auf dem langen Platz standen Buden voll glitzernder, funkelnder Dinge. Um den Platz herum fuhren mit großer Geschwindigkeit Wagen ohne Pferde, und über den Buden erhoben sich hohe Paläste, in deren Sälen vor gemalten Sommerlandschaften Tausende von Lichtern brannten. Die verschlungenen Stäbe der Kirchengitter zeigten die Namenszüge der Maria und des Kindes, und auf dem Marmorbrunnen hoben wilde Flussgötter zwischen Palmen und Meeresrosen ihre Hände zu der Taube des Heiligen Geistes empor. Es war alles nicht mit Nazareth und nicht einmal mit Jerusalem zu vergleichen, und einen Augenblick hatte der alte Joseph die Vorstellung, er befände sich im Paradies.
Aber diese glückliche Stimmung hielt nicht lange an. Wenn dies das Paradies ist, dachte Joseph von

Nazareth, so müssen auch die Menschen anders geworden sein. Dann könnte so etwas wie in den Gasthöfen von Bethlehem nicht mehr vorkommen. Er beschloss, diese paradiesischen Menschen mit seiner alten Geschichte auf die Probe zu stellen. Und natürlich bestanden die Leute, die er um ein Nachtlager, um Essen und Trinken und um bunte Bälle für den kleinen Jesus anging, diese Probe nicht.

Der Türhüter des fürstlichen Palastes tippte sich an die Stirn, der Wurstverkäufer schalt über die Bettelei, und der Besitzer der bunten Bälle schüttelte sich vor Lachen, dass der alte Mann eines Neugeborenen Vater sein sollte. Und nun mit einem Mal veränderte für den alten Joseph der ganze Platz sein Gesicht. Die Fahrzeuge schossen so bedrohlich und wild dahin, als hätten sie es darauf abgesehen, den alten Mann zur Strecke zu bringen, das metallene Spielzeug an den Ständen funkelte böse, und unter dem scharfen Knall der Büchsen sanken die hübschen Puppen an der Schießbude traurig hin.

Der alte Joseph fragte, was dies und jenes zu bedeuten habe, und er gewann den Eindruck, dass all die bunten Dinge Kriegsspielzeuge seien und

dass die Menschen nichts anderes im Sinn hätten, als so schnell als möglich dahinzurasen und sich gegenseitig ein Leid anzutun. Er fragte nicht mehr, sondern setzte sich auf die Kirchentreppe, gerade neben einen großen Tannenbaum, der dort lehnte, und der ebenso trotzig und ebenso einsam aussah wie er selbst. Und weil er es müde war, mit den Menschen zu sprechen, redete er den schwarzen Tannenbaum an.
Du hast einen schönen Stamm, sagte der alte Zimmermann. Aber der Baum bewegte seine Zweige unwillig. Ich bin nicht meines Stammes wegen hier, sagte er. Ich bin ein Christbaum, der nicht verkauft worden ist. Ein überflüssiges Ding. Bei diesen Worten horchte der alte Joseph auf und sah den Tannenbaum nachdenklich an. Ich weiß nicht, sagte er, warum du dich darüber grämst, kein Christbaum zu sein. Seit der Geburt des kleinen Jesus ist nichts besser geworden.
Der Baum wiegte seine Zweige bedenklich hin und her.
Und dann erzählte er dem alten Joseph von den Wäldern des Nordens, aus denen er stammte. Er erzählte ihm von den wilden, trotzigen See-

len, die dort in der Weihnachtszeit wie ein zorniges Heer durch die Täler schweifen und die Weihnachtslieder in den Dörfern mit ihrem Gesang zu übertönen versuchen.

Und was geschieht ihnen? fragte der alte Joseph erschrocken.

Aber statt zu antworten, neigte der Baum seinen Wipfel, und als der alte Zimmermann ihm mit dem Blick folgte, sah er einen kleinen Knaben, der zwischen den nächtlichen dunklen Buden daherkam und gerade auf sie zu. Es war ohne Zweifel ein kleiner römischer Knabe, aber weil er nur ein kurzes weißes Kittelchen anhatte und überaus freundlich lächelte, hielt ihn der alte Joseph für das Jesuskind, und der Tannenbaum schien derselben Meinung zu sein.

Man sollte ihm etwas schenken, sagte er aufgeregt. In diesem Augenblick fiel dem alten Joseph, der sich an diesem Abend schon an so viel erinnert hatte, noch etwas ein. Er sah sich selbst und Maria und Jesus in dem zerfallenen Stall in Bethlehem, über dem auch ein Nadelbaum stand. Auch dieser Baum hatte sprechen können, und auch dieser Baum hatte, wie die Palme und der Ölbaum, dem Kinde etwas schenken wollen.

Aber er hatte es nicht gewagt, weil er finster, trotzig und stachlig war. Er hatte ganz steif dagestanden, und das Kind Jesus hatte zu ihm aufgeschaut und seine Arme zum Himmel erhoben. Es hatte eine Menge kleiner Sternchen aus dem Himmel herabgezogen und sie dem Baum übergehängt. Und damit war Licht im Stall gewesen, lauter strahlendes Licht.
Der heilige Joseph dachte an die alte Geschichte. Wenn das wieder geschähe, dachte er. Wenn das wieder geschähe.
In diesem Augenblick begannen alle Glocken der großen Stadt Rom zu läuten, und die elektrischen Straßenlaternen gingen aus.
Der alte Joseph dachte an die trotzigen, zornigen Seelen, die jetzt in den fernen Wäldern dahintreiben mussten, und an die großen Engel, die, wie er meinte, hier an die Glocken schlugen. Er fühlte, wie ihm das Wasser in die Augen stieg, und obwohl er sich darüber ärgerte, konnte er die Tränen doch nicht zurückhalten. Er sah das Kind vor dem Tannenbaum stehen und die Arme bewundernd erheben.
Und dann sah er in der plötzlichen Dunkelheit auch die glitzernden Sterne am Himmel, und

weil seine Augen voll Tränen standen, schienen sie ihm herabzustürzen und mitten in den Zweigen des Tannenbaumes zu schweben. Er hörte wieder die Stimme, die von Honigquellen und Weinflüssen sprach, und war überzeugt davon, dass zwischen damals und heute nur wenig Zeit vergangen war, nur ein ganz unwesentlicher Bruchteil Zeit.

Ich bin ganz sicher, dass in diesem Augenblick der alte Joseph wieder auf die Knie sank. Ich glaube auch, dass er nun langsam wieder zu Holz wurde, aus dem er vor vielen Jahrhunderten geschnitzt worden war. Aber wie er zurück in die Krippenausstellung gekommen ist, das weiß ich nicht.

Marie Luise Kaschnitz

5

Der Traum

Die Hütte steht am Wald. Eigentlich ist die Hütte keine Hütte, sondern ein Bauwagen, von dem irgendwann mal die Räder abgeschraubt wurden. Als klar war, dass er nirgendwo mehr hinfahren sollte. Eine frühe Dämmerung hat begonnen, die Bäume in Schattenrisse zu verwandeln. Magda kommt gern hierher, obwohl Oma der sonderbarste Mensch ist, den sie kennt. Wer lebt mit dreiundsiebzig Jahren schon in einem Bauwagen? „Hast du denn keine Angst?", hat Magda einmal gefragt und Oma hat gelacht, als sei das eine besonders lustige Idee. „Ich habe doch meine Gänse!" Die Gänse schnattern draußen. Manchmal schlachtet Oma eine, und dann gibt es Gänsebraten für alle. Eigentlich ist Oma gar nicht Magdas Oma, sondern Papas Tante. Aber weil sie keine eigene Familie hat und weil es nie langweilig mit ihr war, wählte sie Magda einfach als Leihoma.

Im Bauwagen brennt Licht. Es flackert ein bisschen, und Magda weiß, dass Oma den Ofen angemacht hat. Vielleicht gibt es Blinis. Das sind kleine Pfannkuchen aus Russland. Oma sagt, sie war mal in Russland und wäre fast Zarin geworden. Aber Magda weiß nicht, ob sie ihr das glauben soll. Sie stellt ihr Fahrrad am Zaun ab. Die Gänse schnattern empört. „Schschsch", macht Magda und zieht ihre Handschuhe aus. Dann klopft sie an die Tür.

Oma trägt einen gestrickten Pullover und einen Schal mit Streifen. „Schnell, schnell, schließ die Tür, damit der Wind nicht reinkommt!" Magda tut, wie ihr geheißen. „Setz dich, der Tee ist heiß und die Blinis auch ... " Oma fragt nach der Schule und wie es Papa geht. „Bald ist Weihnachten", beginnt Magda zögernd und wirft einen vorsichtigen Seitenblick auf Oma. Ihre Stirn kräuselt sich. „Mmm", macht sie, „so wird es wohl sein." „Kommst du?" Magda will unbedingt mit Oma Weihnachten feiern. Aber sie weiß, dass Oma nicht gern kommt. Es ist ihr zu laut. Zu viele Menschen. Am liebsten bleibt sie hier im Wald. „Allein mit meinem lieben Gott, das weißt du doch." „Ich sehe keinen Gott", erwidert Magda und es klingt trotziger als gewollt. Aber Oma lächelt bloß. „Ich träume von ihm", sagt sie und greift nach der Pfeife auf dem Tisch. Oma ist die einzige Frau, die Magda je mit Pfeife gesehen hat. Die Schneeflocken fallen jetzt dick und flauschig.

„In meinen Träumen steht Gott am Fenster und wartet auf den Abend. Die Stube ist warm. Er sitzt am Tisch und duftet wie Brot. Es gibt einen freien Stuhl, der ist für mich. Sein Holz ist glatt von all den Jahren. In meinen Träumen ist Gott der Wächter der Nacht. Seine Glocke läutet in der Dunkelheit. Wer jetzt nicht daheim ist, den ruft er nach Haus. Die Müden singt er in den Schlaf. Die Weiden lässt er rauschen, sanft wie sein Atem über der Welt."

Einen Moment meint Magda, tatsächlich ein Rauschen zu hören. Es wird der Wind sein, der die Schneeflocken vor sich hertreibt.

„In meinen Träumen ist Gott der Lotse auf dem Strom der Zeit", fährt Oma fort. „Breit fließt er dahin und schwarz sind seine Tiefen. Ich bin ein Boot auf dem Wasser. Ein kunterbuntes Boot." Sie lächelt versonnen. „Gott weiß, wohin ich will."

Magda schaut Oma mit großen Augen an. So hat sie Gott noch nie gesehen. „Müsstest nicht eher du wissen, wohin Gott will?"

„Ach weißt du", antwortet Oma, und ihr Blick ist nun wieder klar, „vielleicht ist das ganz genau dasselbe. Wohin sollte Gott mich denn bringen, wohin ich nicht will?" Magda überlegt einen Moment. „Wolltest du denn hierhin? Hier, wo du jetzt bist?"
Oma nickt. „Sicher."
„Wie kannst du das so genau sagen?"
Oma steht auf und legt ein Stück Holz in die Glut. Sie nimmt den Kessel und füllt Magdas Glas. „Ich kann es sagen, weil ich ja hier vor dir stehe. Wo sollte ich sonst sein?" Magda zuckt mit den Schultern. „Du hättest heiraten können. Du hättest ein richtiges Haus bauen oder studieren können. Ich weiß es nicht. Was man so für Träume hat."
„Ich habe einfach immer von Gott geträumt."
„Woher bist du so sicher, dass es ihn gibt?"
„Ich habe ihn in meinen Träumen ja gesehen."
„Aber was, wenn er nur in deiner Fantasie ist?"
„Und was, wenn ich in seiner Fantasie bin?"
Magda nippt an ihrem Tee. Er macht warm und ihr ist ein bisschen schwummrig im Kopf.
„In meinen Träumen sagt Gott stets:
‚Magda, so machen wir es!' Und dann gehen wir zusammen hinaus in den Garten und pflücken die Blaubeeren oder sammeln ein paar Kartoffeln und

wenn wir in den Apfelbaum geklettert sind, dann wusste ich immer, Gott wird schon aufpassen, dass ich nicht hinunterfalle. Und ich habe aufgepasst, dass Gott nicht fällt."
„Gott kann fallen?", fragte Magda ungläubig.
„Aber natürlich."
„Wie denn?"
„Indem du ihn fallen lässt. Das kann ganz schnell gehen. Da musst du aufpassen."
„Ist Gott denn – zerbrechlich?"
„Sicher."
„Ich dachte, Gott sei stark."
„Gott ist ein Kind."
„Wie merkwürdig …"
Oma zieht an ihrer Pfeife.
„Ja. Das ist es wohl …" Gedankenverloren schaut sie aus dem Fenster. „Wer träumt", fügt sie dann hinzu, „braucht keine Angst zu haben."
Magda schaut sie fragend an. „Wie meinst du das?"
„Wer träumt, hat immer genug. In meinen Träumen läutet Gott an der Tür. Er ist der Bote mit dem Paket. In meinen Träumen gibt Gott alles. Ich habe immer geträumt. So konnte ich ihn nie verlieren."

Susanne Niemeyer

6

Das Geschenk des heiligen Nikolaus

Es war bitterkalt in jenem Jahr, so kalt wie nie zuvor. Und es war der Abend vor dem Tag des heiligen Nikolaus.

Unerkannt ging der Heilige an diesem Abend durch die Lande, wie er es zuweilen zu tun pflegte. Er gelangte an den Hof des Königs. Dort traf er drei kleine Brüder beim Versteckspiel. „Was macht ihr hier am Hof des Königs?“, fragte Nikolaus die drei Kinder.

„Wir sind Waisen, Herr. Der König hat uns an seinem Hof aufgenommen, er ernährt und kleidet uns und lässt uns hier erziehen“, antwortete einer der Jungen. „Ich bin der heilige Nikolaus“, sagte da der fremde Mann. „Ich bin gekommen und will euch zu reichen Männern machen. Jeder darf einen Wunsch aussprechen, den ich ihm erfüllen werde.“

Die drei Brüder staunten und konnten ihr Glück gar nicht fassen.

„Nun, was wünscht du dir?“, fragte der Heilige den Ältesten.
„Ich wünsche mir eine riesengroße Schafherde und dazu Weideland, so weit das Auge reicht.“
„Du bekommst deine Schafe und das Weideland“, sprach der heilige Nikolaus.
„Und was willst du?“, fragte er den Zweiten.
„Ich will einmal ein großer Kaufherr werden. Und dazu brauche ich eine Stadt mit vielen Kaufläden.“
„Du wirst deine Stadt und dazu die Läden bekommen“, bekam er zur Antwort.
„Und du, was willst du von mir als Geschenk?“, fragte der Heilige den jüngsten Bruder.
„O Herr“, sagte der. „Ich glaube, es ist am wichtigsten, eine Frau zu bekommen, mit der man sich in allem versteht und die ein gütiges Herz hat.“
„Auch dieser Wunsch soll erfüllt werden“, sagte Nikolaus und ging darauf seiner Wege.
Nach ein paar Jahren, als die drei Jungen erwachsen geworden waren, erfüllten sich die Wünsche. Der Älteste bekam eine große Schafherde und ausgedehntes Weideland. Der Zweite wurde einer der reichsten Kaufleute im Land mit einer Stadt voller Läden, in denen man kaufen konnte,

was das Herz begehrte. Der dritte Bruder aber, der Jüngste, fand eine Frau, die die Güte selbst war und die er innig liebte.
Und wiederum vergingen einige Jahre. Da ging der heilige Nikolaus am Vorabend seines Festes wieder unter die Menschen. Er war aber diesmal in Lumpen gekleidet wie ein Bettler, so dass ihn niemand erkennen konnte.
Zuerst besuchte er den Ältesten der Brüder, den, dem er den Wunsch nach einer großen Schafherde erfüllt hatte.
„Guten Abend", sagte Nikolaus.
„Schönen guten Abend", erwiderte der junge Mann.
„Schenkst du mir bitte etwas, denn morgen ist das Fest des heiligen Nikolaus."
„O nein", sagte da der Mann. „Das kann ich nicht machen. Wie käme ich dazu, jedem Fremden etwas zu schenken? Mein Reichtum wäre bald dahin. Aber nimm meine besten Wünsche für eine glückliche Weiterreise."
„Aber du hast deinen Reichtum doch nicht deinem eigenen Fleiß zu verdanken, du hast doch alles geschenkt bekommen", wandte der Alte in Lumpen ein. „Der heilige Nikolaus hat dir alles

gegeben. Doch da du so hartherzig bist, wirst du bald alles wieder verlieren."

Der Fremde ging.

In jener Nacht aber verwandelten sich alle Schafe des reichen Mannes in Felsen.

Der heilige Nikolaus zog weiter seines Wegs und gelangte in die Stadt des reichen Kaufmanns. Er ging zu ihm und entbot ihm einen guten Tag.

„Guten Tag, Fremder", grüßte der Kaufmann zurück.

„Schenkst du mir etwas?", fragte Nikolaus, „weil wir morgen ein großes Fest feiern."

„Mach nur, dass du weiterkommst, Alter! Soll dir doch jemand anderer etwas schenken. Ich wäre ja bald ein armer Mann, wenn ich jeden Dahergelaufenen beschenken würde. Nein, von mir bekommst du nichts."

„All die vielen Läden in deiner Stadt hast du aber nicht durch eigenen Fleiß erworben. Gott hat sie dir durch den heiligen Nikolaus geschenkt. Hast du das vergessen? Ich prophezeie dir, dass dir all dein Reichtum wieder genommen wird."

Kaum hatte der Heilige die Stadt verlassen, brach ein großes Feuer aus, das alle Läden des Kaufmanns und seine Waren vernichtete.

Der heilige Nikolaus ging daraufhin zum Jüngsten der drei Brüder und klopfte an die Tür seines bescheidenen Hauses. Der Mann öffnete die Tür, seine Frau trat herzu, und beide baten ihn herzlich, einzutreten. „Sei uns willkommen", begrüßten sie den Alten.
„Ich bin schmutzig", erwiderte der vermeintliche Bettler.
„Ich kann nicht hereinkommen in eure Stube. Aber wenn ihr hier an der Tür ein Plätzchen für mich habt, so bin ich zufrieden. Dann muss ich nicht draußen in der Kälte nächtigen."
„Nein und abermals nein", riefen Mann und Frau wie aus einem Munde. „Heute am Vorabend des Nikolaustages werden wir dich doch nicht vor der Tür sitzen lassen. Bitte, tritt ein!" Und sie führten ihn mit vielen guten Worten in die Stube; sie reichten ihm warmes Wasser, damit er sich waschen konnte. Sie baten ihn auf ihren bequemsten Stuhl und bewirteten ihn mit den besten Speisen und Getränken, die sie im Hause hatten.
Der Fremde aß und trank und unterhielt sich mit seinen Gastgebern. Dabei bemerkte er eine stille Traurigkeit, die die beiden zwar zu verbergen suchten, was ihnen aber nicht gelingen wollte.

„Habt ihr irgendeinen Kummer?", fragte der Heilige nach einer Weile.
Der Mann und die Frau schauten sich an. Und als die Frau nickte, begann der Mann zu sprechen: „Wir haben genug zu essen", sagte er. „Wir haben uns lieb und sind mit unserem Leben zufrieden. Nur beten wir schon seit vielen Jahren, dass Gott uns ein Kind schenken möge. Doch unsere Gebete wurden nicht erhört."
Der fremde Mann sah die beiden lange an. Dann sprach er: „Ich bin der heilige Nikolaus. Ihr habt mich bewirtet wie einen König, obwohl ich aussehe wie ein Bettler. Ich werde euren Wunsch erfüllen. Ihr werdet einen Sohn bekommen."
Nach diesen Worten erhob sich der heilige Nikolaus, ging zur Tür und verließ das Haus.
Übers Jahr aber, als der Herbst ins Land zog, gebar die Frau einen Sohn. Ein Freudenfest wurde gefeiert, und die Eltern gaben dem Kind den Namen Nikolaus.
Dankbar gedachten sie des Heiligen, der ihren sehnlichsten Wunsch erfüllt hatte.

Albanisches Märchen

7

Ausklang

Moni ist müde. Dabei war sie, seit sie denken kann, immer eine Frühaufsteherin. Wach mit dem ersten Hahnenschrei auf dem Bauernhof ihrer Kindheit. Immer die erste an der Schreibmaschine während ihrer Lehrzeit. Und dann später, als die eigenen Kinder klein waren und ihr Mann schon früh das Haus verließ, war sie es, die aufstand, um allen ein Frühstück zu machen. Sogar später noch, als Eberhard im Ruhestand war, ruhiger wurde, blieb sie beständig wach.

Doch seit ein paar Monaten, vielleicht schon ein ganzes Jahr lang, mag Moni oft gar nicht mehr aufstehen. Sie öffnet die Augen, wenn sich die ersten Sonnenstrahlen des Tages durch die spitzenbesetzten Vorhänge in ihr Schlafzimmer stehlen. Im Sommer ist das sehr früh, im Winter könnte man manchmal einen ganzen Tag lang darauf warten. Moni schaut dann auf die Uhr, den kleinen goldenen Wecker auf ihrem

Nachttisch, gleich neben dem Wasserglas und der gerahmten Fotografie ihres Mannes. Doch eigentlich ist ihr egal, wie spät es ist. Moni erwartet nichts mehr, wird nicht mehr erwartet, jedenfalls denkt sie das Morgen für Morgen.
Manchmal tastet sie mit den Fingerspitzen hinüber auf die Bettseite ihres Mannes, spürt den kalten Stoff der sorgfältig gebügelten Decke. Wünscht sich, sie wäre körperwarm und zerknittert. Doch Eberhard liegt nicht mehr dort. Schon lange nicht mehr.
Kurz nach seinem Tod hatte Moni manchmal in die Küche gehorcht, gehofft, dass sie hören könnte, wie er dort mit parkinson-zittrigen Händen und dem immer gleichen Löffel Kaffeepulver aus der Dose in einen Filter schaufelte. Wie früher. Manchmal waren ihm dabei ein paar Krümel danebengefallen, schwarze Punkte auf der sonst so makellosen Arbeitsplatte. Moni harte das genervt. Heute wünscht sie sich, die Arbeitsplatte wäre voll von Kaffeepulver. Schwarze Punkte, die an ihn erinnerten. Eine Spur zurück in die Vergangenheit. Doch alles bleibt still und unberührt. Morgen für Morgen.

Wenn das Licht ins Schlafzimmer scheint, ist Moni wach und doch so müde. Es dauert eine ganze Weile, bis sie es endlich schafft, die Decke zur Seite zu schlagen und mit den nackten Füßen nach den Puschen vor ihrem Bett zu tasten. Wenn Moni auf der Bettkante sitzt, tut ihr alles weh. Der Rücken, die Beine, die Hüfte, aber vor allem das Herz. Neulich hat sie in der Zeitung von einem Paar gelesen, das 74 Jahre lang zusammen war. Sie sind am gleichen Tag gestorben. Am Gebrochenen-Herz-Syndrom oder so ähnlich. Moni hatte beim Lesen geseufzt und sich gefragt, warum sie eigentlich immer noch am Leben war. So gebrochen, wie sich ihr Herz oft anfühlte. Hat der liebe Herrgott mich immer noch nicht zu sich geholt? Das fragt sie sich. Morgen für Morgen.

Irgendwann schafft sie es: Macht sich selbst eine Tasse Kaffee, isst ein Stück Graubrot mit Rübenkraut, holt die Zeitung von der Fußmatte in die Wohnung. Bevor es Mittag wird, tauscht sie den lavendelfarbenen Morgenmantel gegen einen dunklen Rock, Rollkragenpullover und einen geblümten Kittel. Aus Gewohnheit, nicht, weil es ihr wichtig wäre. Die große Standuhr in der Diele tickt und tickt. Moni macht das Radio an, um die Zeit nicht zu hören. Sie schaut aus dem Fenster, blickt hinaus auf die Straße, hinauf in den Himmel. „Eberhard, wann komm ich zu dir?“, formen ihre Lippen die Worte, die sie so oft im Kopf hat. Moni reißt ein Kalenderblatt ab. Es fällt zu Boden wie Herbstlaub. Wieder ein neuer Tag. Bald Weihnachten. Früher hätte Moni sich darauf gefreut.

Um 12 Uhr klingelt das Telefon. „Kontrolle“, denkt Moni. Ihre Tochter ist dran. Wie jeden Tag. Sie hat gerade Mittagspause. „Alles gut bei dir, Mutti?“, fragt Sandra in den Hörer und Moni lügt. Wie jeden Tag. „Alles bestens, mein Kind. Nur die Hüfte, du weißt ja.“ „Hast du deine Tabletten genommen, Mutti?“, fragt Sandra. „Ja doch.“ „Gut. Du weißt, wenn was ist, kannst du dich einfach melden. Und ich komm ja dann am Wochenende vorbei. Dann essen wir ein schönes Stück Torte zusammen, ja?“ Moni nickt, dabei kann Sandra das gar nicht sehen. „Ist gut, Kind. Geh jetzt ruhig mal in die Kantine. Ich will dich nicht um deine Pause bringen“, sagt Moni schnell. Sie stellt sich Sandra in ihrem Büro vor. Wie sie vielleicht während des Telefonats eine Mail schreibt oder ihrem Kollegen mit verdrehten Augen zu verstehen gibt, dass da ihre alte Mutter am Telefon ist. „Bis morgen dann", sagt Sandra, haucht einen Kuss in den Hörer und legt auf.

Moni ist wieder allein. Mit dem lauten Ticken der Standuhr, die sie jetzt wieder hört, weil sie das Radio zum Telefonieren ausgeschaltet hat. Mit dem Kalenderblatt auf dem Fußboden, das vielleicht irgendwann zu welken beginnt. Mit dem Tag lang und leer vor sich. Moni geht die Treppe hinunter zum Briefkasten. Drei Etagen, das dauert seine Zeit. Sie ist dankbar, dass der Zeitungsbote ihr die Zeitung immer nach oben bringt. Der Postbote tut das nicht. Unten angekommen, öffnet sie den Kasten. Zwei Flyer flattern ihr entgegen. Einer für eine Umzugsfirma und einer für einen Pizzaservice. Sonst nichts. Es gab eine Zeit, da steckte beinah jede Woche eine Todesanzeige im Briefkasten. Inzwischen ist sogar das weniger geworden. Es ist kaum noch jemand übrig, der sterben könnte.

Zurück in der Wohnung holt Moni sich ein Fertiggericht aus dem Kühlfach. Sandra bringt ihr sowas immer mit, damit Moni nicht mehr einkaufen gehen muss. Sie zieht die Folie ab und stellt die Plastikschale in die Mikrowelle. Früher war Moni eine begnadete Köchin gewesen. Eberhard hatte ihre Gerichte geliebt. So sehr, dass er mit den Jahren den Gürtel um mehr und mehr Löcher weiten musste. Er war dick, aber glücklich. Sie beide waren glücklich. Satt und zufrieden. Nie hätte sich Moni vorstellen können, eines Tages nur noch Mikrowellenkost zu essen. Alleine. Mit dem Fernseher als Tischnachbar. Aber sie konnte sich auch nie vorstellen, wie es sein würde, wenn die Kinder groß und Eberhard tot wäre. Und sie allein.

Sie stochert im Hühnerfrikassee herum, schaltet von Sender zu Sender. Im dritten Programm bleibt sie hängen. Ein Märchenfilm läuft. Das erkennt Moni sofort. Ihr steigen die Tränen in die Augen, als sie Aschenbrödel sieht. Auf einem weißen Pferd reitet das schöne Mädchen durch den Schnee. Verträumt blickt sie in den Himmel. Ihre blonden Haare flattern im Wind und ihre

Fellweste sieht so weich und kuschelig aus, dass auch Moni ganz warm wird. Um Aschenbrödel herum Tannengrün, schneebedeckte Baumwipfel und ein weiter Himmel. Frei und fröhlich sieht sie aus. Doch was Moni am allermeisten berührt, ist die Melodie, die die Reiterin begleitet. Moni kennt sie auswendig. Alle Jahre wieder hat sie die Glöckchen klingen gehört, die Oboe und das Cembalo. Sie summt. Wie früher. Als die Kinder noch klein waren und mit vom Bad nassen Haaren vor dem Fernseher saßen. Ausnahmsweise, weil bald Weihnachten war und Moni und Eberhard selbst so gern „Drei Haselnüsse für Aschenbrödel" sahen. Eberhard ließ zum Abendessen Bratkartoffeln mit Speck in der Pfanne brutzeln. Das einzige Gericht, was er je kochen konnte. Dazu eine Flasche Schwarzbier, die sie sich teilten und für Sandra und Peter je eine Schokoladen-Goldmünze von Hitschler zum Nachtisch. Moni laufen die Tränen über die Wangen, als sie daran denkt. Ihr ist, als könne sie die Bratkartoffeln und die nach Shampoo duftenden Haare ihrer Kinder riechen. Draußen schneit es und sie sind wieder zu viert. Sandra und Peter zu ihren Füßen und Eberhard, der ihr die Hände sanft auf die Schultern legt.

Das Hühnerfrikassee ist verschwunden und das Kalenderblatt vom Boden auch. Es ist wieder 1976. Kurz vor Weihnachten. Moni summt. So lange, bis sie die Zeit nicht mehr hört.

Hanna Buiting

8

Der größte Schatz des Königs

Es lebte einmal ein König, der sein Land viele Jahre mit großer Aufmerksamkeit und Liebe regierte. Als er jedoch alt geworden war, merkte er, dass seine Kräfte nachließen und dass die Zeit für ihn kam, einen geeigneten Nachfolger zu suchen. Er hatte drei Söhne und hoffte, dass sich einer von ihnen fähig zeigte, diese Herausforderung anzunehmen.
Nun, dem König gehörte eine Schatzkiste. Sie war so groß und schwer, dass man sie gerade tragen konnte. Etwas Besonderes zeichnete sie jedoch aus. Es gab nirgendwo ein Schloss zum Öffnen. Dennoch war der Deckel mit einem Riegel versehen, der winzig klein und unauffällig war. Der König wusste genau, wie er einen geeigneten Kandidaten für das Amt finden konnte. Der Sohn, der in der Lage war, seine Schatzkiste zu öffnen, sollte wohl ein würdiger Nachfolger wer-

den. So rief er den Erstgeborenen zu sich. „Ich vertraue dir diese kleine Truhe an. Wenn du es vermagst. sie aufzuklappen, werde ich dir mein Königreich übergeben." Nichts leichter als das, glaubte der Älteste, nahm die Kiste, klemmte seine Finger unter den Riegel und ... musste feststellen, dass er sich so nicht bewegen ließ. So sehr er auch rüttelte, der Verschluss bewegte sich keinen Millimeter. Da dachte er so bei sich: da hilft nur enorme Kraft. Auf den Inhalt kommt es an, nicht auf die Hülle. Also schmetterte er die Kiste mit aller Gewalt auf den Boden. Doch diese blieb heil und der kostbare Marmorfußboden erlitt einen langen Riss.

Daraufhin besorgte er sich die schärfste Axt, die er im Schloss finden konnte, um den Deckel damit öffnen zu können. Je mehr er allerdings darauf einschlug, desto stumpfer wurde die Axt, bis sie am Ende entzweibrach. Die Schatzkiste bekam nicht einmal einen Kratzer.

Beim näheren Hinsehen stellte der Erstgeborene fest, dass die Truhe einfach aus Holz gemacht war, und wunderte sich über die Härte und Stabilität. ‚Eine Möglichkeit bleibt mir noch', dachte er bei sich, ‚Holz brennt'. Also errichtete er im

Innenhof einen hohen Scheiterhaufen, zündete ihn an und warf die Kiste hinein, als die Flammen am höchsten schlugen. Gespannt wartete er den Augenblick ab, als das Feuer niederbrannte und er das Ergebnis entdecken konnte. Doch sein Erstaunen war groß. Als nur noch etwas Glut übrigblieb, lag die Kiste unversehrt obenauf. Nicht einmal erhitzt schien sie zu sein. Verdrossen und resigniert gab der Sohn die Schatzkiste seinem Vater zurück. Dieser war nicht minder enttäuscht und reichte die Truhe dem zweiten Nachkommen.

Durch die Erfahrungen seines älteren Bruders schlauer geworden. wusste dieser nun, dass da mit roher Gewalt nichts zu machen war. Er verließ sich lieber auf seine Klugheit und Geschicklichkeit. So begann er damit, den Mechanismus des Verschlusses genau zu untersuchen. Konnte er da eventuell ein verborgenes Schloss entdecken? Verbarg es sich vielleicht hinter einem kleinen Holztäfelchen? Kam es möglicherweise darauf an, mit einem bestimmten Tempo oder einer trickreichen Bewegung der Hand das Geheimnis des Öffnens zu entschlüsseln? Stundenlang tüftelte und probierte er herum, doch schon bald musste er seine Bemühungen einstellen. Er ging mit seiner Kiste zu einem Uhrmacher und zu einem Juwelier, er befragte sämtliche Feinmechaniker des Landes, aber nach eingehender Untersuchung bestätigte jeder von ihnen, dass die Aufgabe unlösbar sei. Am Ende seiner Weisheit und seiner Möglichkeiten angelangt, gab auch der Zweitgeborene die Schatzkiste zurück.

Mit großer Skepsis musste der König seine Kiste nun seinem Jüngsten anvertrauen. Dieser wirkte nicht sonderlich stark und zeichnete sich nicht durch besondere Klugheit aus. In seinem Land galt er eher als ein Träumer und Nichtsnutz.

Er hatte die Missgeschicke seiner Brüder verfolgt und wusste, dass weder Gewalt noch Feuer, weder Geschicklichkeit noch Nachdenken dem Verschluss etwas anhaben konnte. Er nahm also die Kiste unter den Arm und ging seines Weges. Da sah er am Straßenrand ein kleines Mädchen sitzen, das weinte und unaufhörlich nach seiner Mutter rief. Es gehörte zu einer Gruppe von Schaustellern und wurde bei der letzten Rast einfach vergessen. Jetzt hatte das Kind einige Zeit nach seinen Eltern gesucht und war am Ende seiner Kräfte.

Der junge Prinz hatte schon immer ein Herz für das fahrende Volk. Er stellte seine Kiste ab, tröstete das Mädchen und dachte nicht mehr an seine unlösbare Aufgabe. Als er sich entschloss, der Kleinen bei der Suche nach den Angehörigen zu helfen, vergaß er sogar fast seine Schatzkiste und schnappte sie sich im letzten Augenblick vor dem Aufbruch. Es dauerte einige Zeit, bis er das Mädchen heil und unversehrt den Eltern zurückgeben konnte. Während dieser Wochen lernte er das Land seines Vaters erst richtig kennen. Einmal half er einem Bauern bei der Ernte. Er reparierte ein gebrochenes Rad an einer Kutsche, teilte sein Essen mit einer armen, alten Frau und war so beschäftigt. dass er keine Zeit fand, sich auch noch um den Verschluss seiner Schatzkiste zu kümmern.
Der König hatte inzwischen die Hoffnung aufgegeben, seinen Jüngsten je wieder zu sehen. Darum freute er sich umso mehr, als er eines Tages müde und erschöpft von seiner langen Reise heimkehrte. Wortlos legte der Wanderer die Truhe vor die Füße seines Vaters. So konnte der König erkennen, dass das Schloss unversehrt war und auch von seinem dritten Sohn nicht geöffnet

wurde. Aber der Prinz erzählte von seinen Abenteuern und Erlebnissen und davon, was es alles in dem großen Reich zu verbessern gab. Am Ende der Erzählung angekommen bat der Vater seinen Sohn, es doch einfach noch einmal zu versuchen. Dieser bückte sich tief, hielt seinen Finger an den Riegel ... und siehe da, er ließ sich mühelos bewegen. Es ging wie von selbst, ohne Gewalt, ohne Kraftanstrengung, ohne Technik und ohne Nachdenken. Wie überrascht war er jedoch, als er in die Schatzkiste hineinblickte. Kein Gold, keine Diamanten und keine Juwelen, sondern hunderte, ja tausende von kleinen Glöckchen. Friedlich lagen sie da. Das eine oder andere Glöckchen meldete sich hier und da und bewegte sich ohne eine Berührung von außen. Fasziniert schaute der Prinz auf diesen merkwürdigen Schatz. Auch der König hatte sich inzwischen über den Deckel gebeugt mit einem zutiefst beglückten und zufriedenen Gesichtsausdruck. „Jedes Glöckchen steht für einen Einwohner unseres Reiches. Immer, wenn sich eines meldet, weiß ich, dass es eine Not gibt, um die ich mich kümmern muss. Du hast die Not gesehen, ohne dass du um die Glöckchen wusstest. Dein Herz hat es dir gezeigt bei deiner Reise durch das Land. Du wirst also ein würdiger Thronfolger.“

So kam es, wie es kommen sollte. Der Prinz wurde König und bewahrte die Schatzkiste mit den vielen kleinen Glöckchen sorgfältig und mit großer Aufmerksamkeit. Er hoffe, dass auch er eines Tages einen geeigneten Nachfolger fand, der sein Geheimnis weiter hütete.

Matthias Könning

9

Maria und das schwarze Schaf

Als der Engel Gabriel fortgegangen war, saß Maria noch lange da und dachte nach. Der Engel hatte sie gefragt, ob sie die Mutter des Jesuskindes werden wolle, und sie hatte Ja gesagt. Sie freute sich auf das Jesuskind. In neun Monaten sollte sie es gebären. Bis dahin musste sie manches lernen und vorbereiten. Sie wollte bei anderen Müttern zusehen, wie man Babys badet und wickelt. Sie musste Windeln nähen. Sie musste eine Decke weben. Was brauchte das himmlische Kind noch? Einen Menschenvater, der es lieb hatte. Josef, der Zimmermann, sagte zu Maria: „Ich werde immer da sein für dich und dein Kind. Ich werde gut für euch sorgen."
„Bau mir einen Webstuhl", bat Maria, „damit ich unserem Kind eine Decke weben kann." Josef fing an, einen Webstuhl zu bauen. Maria ging hinaus auf das Feld zu den Schafen. Sie sprach

zum Hirten: „Werden mir deine Schafe ein wenig Wolle schenken?“

„Frag sie selber, junge Frau!“, sagte der Hirt. Maria ging von Schaf zu Schaf und bat jedes Schaf um eine Flocke weicher Wolle, und jedes Schaf schenkte ihr eine.

„Zupf nur, zuuupf“, blökten die Schafe, „du brauchst sie doch für dein Jesuskind, den Retter und Erlöser der Welt. Zur Welt gehören auch wir Schafe. Jesus wird auch unser Freund sein. Zuuupf nur, zuuupf!“

Maria sammelte unzählige weiße Wollflocken in ihre Schürze. Nun hatte sie genug für eine kleine Decke. Da sah sie am Rand der Weide ein schwarzes Schaf stehen. Es stand ganz allein, kein weißes Schaf wollte daneben auch nur den kleinsten Grashalm rupfen.

Maria ging zum schwarzen Schaf. „Schenkst du mir ein wenig von deiner Wolle?“ „Zupf nur, zupf“, blökte das schwarze Schaf. „Nimm eine gute Handvoll, nimm dir, so viiiel du brauchst.“

Die weißen Schafe drängten sich aneinander. Sie blökten laut wie mit einer Stimme: „Bäh! Bäh! Bäh! Nimm nichts von diesem schwarzen Schaf! Es gehört nicht zu uns! Seine Wolle passt nicht zu unserer. Eine einzige schwarze Flocke zwischen unsere gemischt, macht unsere feine weiße Wolle grau!"

Maria sagte: „Das schwarze Schaf gehört nicht zu euch? Aber zur Welt gehört es doch. Darum will ich auch seine Wolle in die Decke weben."

Sie ging nach Hause, schleppte Wasser vom Brunnen und wusch die Wolle, erst die weiße, dann die schwarze. Sie drehte die Wolle mit dem Spinnwirtel zu weißem Faden und schwarzem Faden und grauem Faden. Der Webstuhl war schon fertig. Maria webte die Decke für das Jesuskind. Die Decke war schneeweiß, hatte einen grauen Stern in der Mitte und an den vier Seiten einen schwarz gemusterten Rand. Es war eine wunderschöne Decke.

Maria ging hinaus aufs Feld und zeigte die Decke den Schafen. „Oooooh", blökten die weißen Schafe, „seeehr, seeehr schön!"

Das schwarze stand ganz stumm vor Freude. Ein altes Mutterschaf rief: „Wenn dein Kind auf der Welt ist, schick Josef her mit einem großen Krug. Dann schenken wir dir von unserer Milch, die ist süß und weiß von uns allen, ob wir nun weiß sind oder schwarz."

„Danke", sagte Maria und ging in die Stadt zurück. Auf der Hügelkuppe drehte sie sich noch einmal um und winkte den Schafen. Die weideten über die ganze Wiese verstreut, das schwarze mitten unter den weißen.

Lene Mayer-Skumanz

10

Peters Weihnachts-Bücherwunsch

Es war einmal ein Junge, Peter mit Namen, der liebte Bücher über alles. Was er an Gedrucktem erwischen konnte, verschlang er mit den Augen, so ungebändigt war sein Wissensdurst. Sein Vater, ein Siebmacher, war arm und seine Familie litt oft bittere Not, und so konnte Peters Sehnsucht nach Büchern nicht einmal Weihnachten gestillt werden.
Eines Tages hörte Peter, dass der Kaiser, Wilhelm II., Kindern einen besonderen Wunsch erfüllt habe. Und weil die Adventszeit angebrochen war und Weihnachten doch das Fest des Schenkens ist, kam dem Jungen der Gedanke, dem höchsten Landesherrn seine Büchernot vorzutragen. Er verschaffte sich heimlich einen großen weißen Briefbogen und ein Amtskuvert und schrieb mit ungelenker Schrift ein Gesuch an „Seine Majestät, den deutschen Kaiser Wil-

helm II. in Berlin“, worin er um eine „ganze Kiste mit Büchern“ bat.
Mit hochrotem Kopf warf Peter den Brief im nächsten Postort in den Kasten. Nun begann eine Zeit qualvollen Wartens. In seiner Fantasie malte sich der Junge aus, wie der alte Briefträger Niklas vor Weihnachten von der Poststelle des Nachbarortes herüberkäme und seiner Mutter eine Kiste voller Bücher vor die Füße stellte: Die kommen aus Berlin! Aber es kam keine Büchersendung. Stattdessen traf eines Morgens die Nachricht ein, dass der Vater sich „In amtlicher Sache“ beim Ortsvorsteher zu melden habe. In jenen Tagen hatten die Menschen eine große Angst vor der Obrigkeit, und so machte sich Peters Vater nicht ohne Herzklopfen auf den Weg zum Ortsvorstand. Als er nach qualvollen Stunden zurückkehrte, trug er noch immer die Angst im Gesicht. Peter musste eine gesalzene Strafpredigt über sich ergehen lassen. Mit erhobenem Zeigefinger wiederholte der Vater, was das Dorfoberhaupt ihm gesagt hatte: Es handle sich um einen unbesonnenen Streich, um ein törichtes Bittgesuch. Der Vater hatte ein Schreiben des Kaiserlichen Oberhofmarschallamtes unterzeichnen müssen,

in dem man ihn aufforderte, den Sohn ernsthaft vor solchen unnötigen Bittgesuchen an Seine Majestät zu warnen.
Auch der Kreisschulinspektor ließ den Vater kurz darauf amtlich zu sich bestellen, um mit ihm über die „peinliche Angelegenheit", wie er es nannte, zu reden. Nur ein beschränkter Junge habe sich eine solche Albernheit einfallen lassen können, meinte der Kreisschulinspektor.
So war Peters Weihnachts-Bücherwunsch abschlägig beschieden worden. Wahrscheinlich hat der Kaiser seinen Brief nie zu Gesicht bekommen. Das Oberhofmarschallamt wusste wohl mit der Sehnsucht eines kleinen Jungen nach Büchern nicht allzu viel anzufangen.
– Diese Geschichte ist wahr. Der sie erlebte und aufschrieb, heißt Peter Wust. Er war zunächst Lehrer in Berlin, Neuss und Trier und später Professor für Philosophie in Münster. Wust starb bereits 1940. Seine Schriften, Bücher und Gedanken sind bei vielen Menschen aber noch heute lebendig, weil sie so voller Trost und Liebe sind.

Hermann Multhaupt

11

Vom Engel, der die Welt verwandeln wollte

Wieder einmal war es so weit: Das Weihnachtsfest nahte. Während die Menschen diese Zeit hektisch erlebten und nur noch auf ihren Terminkalender und Kontostand blickten, rechneten und zählten, was es noch alles zu tun und zu kaufen gab, wusste man unter den himmlischen Heerscharen mit der Zeit umzugehen: Man wusste sie zu füllen mit einem sinnvollen Wechsel von Geschäftigkeit und Ruhe, so dass man von einer erfüllten Zeit sprechen konnte. Jeder tat seine Aufgaben nach dem Maß seiner Begabungen und trug so zum Einklang des himmlischen Wohllebens das Seine bei. Gerade jetzt, in der Vorweihnachtszeit, mussten die Aufgaben neu verteilt werden, denn es war nicht zu übersehen, dass die Menschen besonders in dieser Zeit Hilfe brauchten. Allein brachten sie es nicht mehr so recht zustande, Weihnachten zu feiern, sie taten sich überhaupt schwer mit dem Leben. Wer aber würde den Menschen helfen – falls ihnen überhaupt noch zu helfen war? Anders als bei der Verkündigung der Geburt in Bethlehem war keiner mehr freiwillig dazu bereit, auf die Erde zu gehen. Immer wieder hatten die, die auf der Erde gewesen waren, Schlimmes von dort erzählt: von Lieblosigkeit, Friedlosigkeit, Unrast und Unzufriedenheit der Menschen.

„Merkwürdig ist es mit den Menschen“, dachten die Engel. „Gott hat ihnen alle Möglichkeiten gegeben für ein sinnvolles Leben: eine Erde voller Reichtümer und Schönheiten, den Verstand, daraus etwas zu machen, Kräfte, die Schöpfung zu verändern, zu gestalten und immer wieder Neues entstehen und lebendig werden zu lassen. Und dann hat er ihnen vor zweitausend Jahren seine Liebe in dem Kind von Bethlehem offenbart, um ihnen zu zeigen, dass sie alles in Liebe füreinander entfalten sollten und dass sie dann glücklich würden.“ Aber eben dies schien den Menschen nicht zu gelingen. Man brauchte ihnen nur einmal ins Gesicht zu schauen: Darin war statt Zufriedenheit Zerrissenheit, statt Ruhe Gehetztsein, statt Liebe oft nur Angst oder Aggressivität zu sehen. Ständig waren sie in Bewegung, aber nicht angetrieben, um Schönes zu tun, sondern, so hatte es den Anschein, um vor sich selbst, den eigenen Wünschen und Sehnsüchten, davonzulaufen. Oft verkehrten sie miteinander in oberflächlichen Beziehungen, um den eigenen Abgründen und der tiefen Begegnung mit anderen zu entfliehen, in denen sie Spuren des göttlichen Geheimnisses hätten finden können, das in der Höhe und in der Tiefe allen Lebens in besonderem Maße glänzt.

„Irgendwie“, platzte es schließlich aus einem vorwitzigen Engel heraus, „hast du bei der Schöpfung mit den Menschen wohl einen Fehler gemacht. Sie haben das Zeug zu einem gelingenden Leben, aber sie machen alles, aber auch alles um sich herum und oft sogar sich selbst kaputt.“

„Nun“, erwiderte Gott, „wenn du die Probleme der Menschen, die uns schon so lange zu schaffen machen, genau siehst, so will ich dich dieses Jahr als Weihnachtsengel auf die Erde senden. Geh und öffne sie für die Botschaft des Friedens und der Liebe. Erleuchte sie mit der himmlischen Wahrheit, damit sie aus ihren Verkehrtheiten herausfinden zu einem neuen, ganzen Leben. Du sollst nicht ihre Probleme lösen, das müssen sie selbst tun, aber du sollst ihnen helfen, einen Anfang zu machen."

„So war das nicht gemeint", entschuldigte sich der Engel verlegen, denn er wusste auch nicht recht, wie den Menschen zu helfen sei.

„Wenn ich mich recht entsinne, warst du noch nicht auf der Erde", sagte Gott, „so bist du noch unverbraucht von all den bösen Erfahrungen mit den Menschen. Mache dich auf den Weg, denn das Weihnachtsfest steht unmittelbar bevor."

„Also, dann gehe ich", stammelte der Engel, dem vor Schreck alle Vorwitzigkeit vergangen war, und griff nach dem himmlischen Licht in der Hoffnung, es könne ihm in der Dunkelheit, die die Menschen umgab, bei der Ausführung seines Auftrags helfen. Mit diesem himmlischen Licht hatte es eine besondere Bewandtnis: Wenn man es nahm, um es für sich allein schön und hell zu haben, so erlosch es. Es konnte seinen Glanz nur verbreiten, wenn man ständig davon verteilte. Deshalb sind Engel nie von Finsternis umgeben, es ist das gleiche Geheimnis, das das wahre Wesen der Liebe umfasst.

Von diesem Licht wollte er ihnen geben, damit sie sich dem weihnachtlichen Wunder der wahren Menschwerdung öffneten und sich verwandeln ließen von der Kraft der Liebe, die alles kaputte Leben heilen, Rastlosigkeit zur Ruhe bringen und Frieden schenken kann. Wie aber sollte er das anstellen? Wo konnte er sie erreichen, die sie jetzt so gar keine Zeit für die Liebe zu sich selbst oder gar für die Liebe zu anderen hatten? Wie oft sah er, dass sie gerade denen teure Geschenke kauften, denen sie eigentlich sagen wollten, dass sie sie lieb hätten! Wie oft sah er, dass sie vorgedruckte Karten verschickten, anstatt ein eigenes liebes Wort zu sagen oder zu schreiben! Wie oft kam es vor, dass sie Menschen vergaßen, Besuche unterließen, Begegnungen versäumten, wohl manches Mal auch aus Angst, es könne ihnen daraus für ihr Leben eine Unruhe erwachsen, die sie aus dem Gleichmaß ihrer täglichen Ordnung bringen könnte. Wie viele hatten schon ihre Träume verloren, ihre Sehnsüchte vergessen, ihre Gefühle in Forderungen erstickt – und dadurch die Menschen verloren, die ihrem Leben einst Sinn und Kraft gegeben hatten.

„Sie aus ihren Verkehrtheiten herausholen“, flüsterte der kleine Engel noch einmal seinen Auftrag vor sich hin. Da kam ihm eine Idee. Bei Nacht sank er lautlos auf einem Mondstrahl zur Erde nieder und in die Häuser der Menschen hinein. Er schenkte ihnen frohe Träume und berührte sie leise mit dem himmlischen Licht, so dass sie im Schlaf zu lächeln begannen. „Aber am Morgen“, dachte er, „wenn sie erwachen, führen sie ihre seligen Träume nicht auf die göttlichen Kräfte zurück, und alles wird sein wie zuvor. Ich muss sie in ihrer Alltagswelt erinnern an das, was wirklich wichtig ist, damit sie das Licht, das ich in ihre Träume gesenkt habe, weitergeben und es endlich hell wird auf Gottes kostbarem Planeten.“
Und er verschwand in ihren Büros und löschte mutig ein paar Termine aus ihren Kalendern, so dass Raum wurde für neue Gedanken. „Sei wachsam für das Wunder, das dir täglich begegnen kann“, stand da plötzlich, oder: „Versuche herauszufinden, was wirklich für dich wichtig ist, und versuche das, so gut es geht, zu leben.“ Oder: „Schaue einmal denen wieder in die Augen und durch die Augen in das Herz, die du

lieb hast – und vielleicht traust du dich ja auch, es ihnen zu sagen."

Bei Schülerinnen und Schülern stand schon mal auf dem Stundenplan: „Hilf deiner Klassenkameradin, die so lange gefehlt hat", oder: „Kümmere dich um den Mitschüler, der aus einem anderen Land kommt und Probleme mit der deutschen Sprache hat."

Auf manchem häuslichen Putzplan reduzierte der Engel die Großkampftage vor dem Fest, er schrieb: „Nimm dir Zeit für deine Seele, damit die Menschen nicht nur durch geputzte Fenster in dein Haus, sondern auch durch deine Augen in dich selbst hineinschauen und dir so neu begegnen können."

Auch an die Einsamen dachte er, an die, die meinten, zu nichts mehr nütze zu sein. Ihnen schrieb er mitten ins Herz, dass zwei Häuser weiter ein Kranker alleine sei, im gleichen Haus eine Mutter mit drei kleinen Kindern jemanden bräuchte, der gelegentlich auf die Kleinen aufpasst – und ein alter Schulfreund nun auch in diese Stadt gezogen sei.

Die Traurigen, die sich ganz in sich selbst zurückgezogen hatten, brachte er in Verbindung

mit den Quellen des göttlichen Lichts, die in der Tiefe eines jeden Menschen verborgen sind, damit ihnen in aller Stille von innen her allmählich Trost zuwuchs.
Er öffnete die Herzen der Übersättigten, von ihrer Fülle den Hungernden an allen Ecken und Enden der Welt abzugeben. Den Armen wiederum träumte, dass die Reichen Freude daran bekämen, die Güter der Erde, die allen gleichermaßen gehören, mit ihnen zu teilen, so dass ihnen wieder Mut und Hoffnung zuwuchs für den kommenden Tag.
Denen, die ihre Lebendigkeit in lauter Versagensangst, in übertriebenem Pflichteifer oder in Minderwertigkeitsgefühlen begruben, lenkte er den Blick auf das Kind in der Krippe, das sagen will: Gott wird ganz Mensch, mit allen Schwächen, Mängeln und Hilflosigkeiten. Deshalb brauchst du dich auch nicht ständig krampfhaft zu bemühen, um vor den Menschen gut zu sein und alles richtig zu machen. Denn vor Gott bist du, unabhängig von dem, was du leistest, etwas wert, du bist richtig, so wie du bist. „Wenn sie doch spüren würden“, dachte er, „dass sie in ihrer Mitte ein Engel berührt, der sie dazu beleben und

bewegen will, dass ihr Leben heller, weiter, tiefer und dadurch auch leichter werden kann."
Und eifrig machte er sich wieder an die Arbeit. Die ganze Nacht hatte er alle Hände voll zu tun. Als er beim ersten schwachen Lichtstrahl der Morgenröte aus der Stadt heraustrat, hatte ein Hauch von Raureif Feld und Wald wundersam bedeckt.
„Wie sich über Nacht doch alles verwandeln kann in Gottes Welt", dachte er tief berührt. „Wenn doch auch mein Werk die Herzen der Menschen so verwandeln könnte, dass ihr Leben liebevoller, zärtlicher, heilvoller und friedlicher wird."
„Einen Anfang sollte ich machen", flüsterte er noch einmal leise vor sich hin. „Ob sie wohl etwas daraus machen, die Menschen?!"

Christa Spilling-Nöker

12

Der Brief

„So was gibt's", sagte Lotzke, der nicht mal richtiger Briefträger war, nur Aushilfe. Er unterbrach das Sortieren und betrachtete den gelblichen, zerknitterten Umschlag. „Weg damit, was?" Wißler schielte über seine Brille. „Außerdem unfrankiert", sagte Lotzke und reichte den Brief über den Stapel der Postsachen herüber. Wißler schob die Brille nach vorn. Er drehte den Brief, las die Aufschrift, lächelte.

„Na, und?", fragte Lotzke. Er hatte sich eine Zigarette angezündet.

„Befördern", sagte Wißler.

„Befördern? Sie sind putzig!"

„Zigarette aus", sagte Wißler. Lotzke hob lässig die Achseln und drückte die Zigarette gegen das Tischbein.

Wißler warf eine Handvoll sortierter Postsachen in den Hammelbeeker Sack. Dann zog er ein großes, blau kariertes Taschentuch hervor. Er hatte Schnupfen, er hustete, und die Grotjahn hatte aus dem Fenster gerufen, er solle lieber daheim bleiben, aber was wusste die Grotjahn schon davon, was Schnupfen ist und was Dienst.

„Sie haben doch sonst alle Adressen im Kopf“, sagte Lotzke rechthaberisch. Wißler war davon überzeugt, dass er den Schnupfen nicht gekriegt hätte, wäre er im Außendienst geblieben. Als Briefträger kriegt man keinen Schnupfen. Aber hier, in der Sortierstube, überheizt ist sie, dann geht die Tür auf, oder man muss zwischendurch auf den Hof, das Auto ausladen. Nee, Wißler wird wieder Außendienst machen, das stand fest.

Wißler sah gerade, wie Lotzke den Brief in den Drahtkorb schmiss.

„Gib her“, sagte er scharf.

Lotzke bückte sich, fischte den Brief, der jetzt noch mehr zerknittert war, aus dem Abfall und warf ihn auf Wißlers Stapel. „Quatsch, so was“, knurrte er.

Wißler glättete den Brief zwischen den Fingern und steckte ihn in die Tasche. Er sortierte weiter, bald in den Hammelsbeeker Sack, bald in den von Garmissen oder Strohmühle. Nach einer halben Stunde wurden die Säcke von der Stange genommen und rausgeschafft in die Autos.

Wißler stampfte den Schnee von den Stiefeln und ging langsam die Treppe hinauf; er keuchte. Oben, vor der Tür des Vorstehers, nahm er die Mütze ab. Malinowski saß am Tisch und frühstückte. „Was kaputt, Wißler?"
„Nee, nur der Schnupfen, wissen Sie."
„Na ja. Wir haben alle mal Schnupfen. Dafür ist Winter. Da kommt so was vor."
„Bei mir nicht, Herr Vorsteher. Ich habe in zwanzig Wintern nie Schnupfen gehabt. Auch keinen Husten." „Da wird es ja Zeit. Jünger sind Sie schließlich nicht geworden. Oder passt die Tante Grotjahn nicht genug auf?"
„Frau Grotjahn? Was sollte die denn –?"
Der Vorsteher schnitt ein Stück Wurst ab und schob es in den Mund. „Spaß natürlich, Wißler! Spaß muss sein!" Er wischte sich über die Lippen. „Soviel ich weiß, hat die Grotjahn den Mann verloren?"
„Vor zwei Monaten", sagte Wißler.
„Keine Enkelkinder?"
„Das schon. Aber alle außerhalb."
Der Vorsteher spitzte ein Streichholz zu und stocherte zwischen den Zähnen.
„Sie wohnen nebenan?"

„Ja“, sagte Wißler.
„Und ihre Frau ist doch auch –“ Wißler nickte.
„Na, da könnte die alte Grotjahn doch mal bei Ihnen reinsehen. Ich meine nur so. Oder haben Sie jemanden?“
„Nein“, sagte Wißler.
„Wer kocht denn?“
„Ich selber“, sagte Wißler.
„Und die Wäsche? Und einholen vom Kaufmann? Und heizen?“
„Ich habe mich daran gewöhnt“, sagte Wißler.
Der Vorsteher betrachtete sein Taschenmesser.
„Weshalb kommen Sie eigentlich?“
Wißler druckste.
„Na, was ist?“
„Ich möchte wieder in den Außendienst, Herr Vorsteher.“
„Was? Briefe ’rumtragen? Bei dem Sauwetter? Sie wollen wohl endgültig in die Kiste? So kurz vor Weihnachten?“
Wißler blickte auf seine Mütze. „Solange ich im Außendienst war, habe ich mich nie erkältet. Es war auch schöner. So draußen herum. Von Haus zu Haus. Man kommt mehr unter Menschen.“

„Ihr Ernst, Wißler?“ Der Angeredete nickte.
„Na ja, mag sein. Wollen sehn, was sich machen lässt. Noch was?“
Wißler griff in die Rocktasche.
Der Vorsteher knüllte das Frühstückspapier in der Faust zusammen und setzte die Brille auf. „Unzustellbar?“, fragte er, den Brief musternd. Gleich darauf lachte er. „Tja, wenn der man hier wohnte!“
„Vielleicht wohnt er hier“, sagte Wißler.
Der Vorsteher starrte den Alten verdutzt an. Schlecht rasiert, dachte er. Verdammt blass. Der war früher ganz anders. Mehr auf Draht.
„Wohnt hier, sagen Sie? In der Garage! Oder im Holzschuppen!“ Er griff nach dem Messer.
„Erst mal den Absender ermitteln.“ Der Vorsteher schnitt den Umschlag auf, zog den Brief heraus und faltete das Blatt auseinander. „Ein alter Frachtbrief“, sagte er enttäuscht.
„Drehen Sie mal um“, meinte Wißler.
Richtig, die Rückseite war mit Bleistift beschrieben. Schiefe Buchstaben, krakelige Schrift.
„Können Sie das lesen?“, fragte der Vorsteher, nachdem er eine Weile buchstabiert hatte. „Ist ja alles klein geschrieben!“

Wißler schob die Brille vor und las. Halblaut las er, während der Vorsteher die Streichholzschachtel auf- und zuschob:
„ – lieber gott, alle kinder haben eine großmutter, nur wir nicht! Bitte, lieber gott, wir wünschen uns eine großmutter. Sie muss geschichten lesen und kuchen backen und stricken. Eine richtige großmutter, die kinder aus der baracke."
„Kurios!", lachte der Vorsteher. „Wozu die Post alles gut ist! Zeigen Sie mal her – sie muss Kuchen backen – na klar, und stricken – und da soll nun der liebe Gott ..."
„Ja", sagte Wißler.
Der Vorsteher griff wieder nach der Streichholzschachtel.
„Hatten wir nicht vor Jahren schon so was? Warten Sie mal. Ja, ich entsinne mich. Damals haben wir die Sache weitergeleitet. Ich glaube, an die Kreisverwaltung. Nee, an die Mission. Ist auch egal. Kennen Sie die Baracke? Sieht es da wirklich so schlimm aus? Wie viel Kinder sind das denn?"
„Vier", sagte Wißler.
„Und die Mutter?"
„Tot. Der Vater ist Müllkutscher."

„Aha. Da sind die Bälger den ganzen Tag –"
„Genau so", sagte Wißler.
Der Vorsteher wendete sich ab. „Gut. Ich werde den Brief weiterleiten. In Ordnung, Wißler. Und über den Außendienst sprechen wir noch. Wie alt sind Sie eigentlich?"
„Dreiundsechzig."
„Hm", der Vorsteher zog die Uhr aus der Tasche. „Ich habe zu tun, Wißler."
Der Alte räusperte sich. „Geben Sie mir den Brief."
„Wieso? Was wollen Sie damit?"
„Befördern." Der Vorsteher lachte, nicht ohne einen Anflug von Ärger. „Sie sind der geborene Briefträger, das muss man schon sagen! Da haben Sie den Wisch. Meinetwegen. Machen Sie damit, was Sie wollen! Geht zwar gegen die Vorschrift, aber vielleicht finden Sie ihn, den Adressaten! Außerdem, überlegen Sie mal, Wißler. Wo Sie doch neben Ihnen – nichts für ungut, Wißler –."
Im Hinausgehen faltete Wißler das Papier zusammen und steckte es zurück in das Kuvert. Kein schlechter Vorschlag, dachte er. Die alte Grotjahn. Sauber ist sie und tüchtig. Noch gut auf den Beinen. Und allein ist sie auch.

Wißler nickte befriedigt, als er nach Dienstschluss nach Hause ging, das heißt, er ging nicht gleich nach Hause, er ging ein Haus weiter. Dort blickte er sich um, ob ihn auch niemand sähe. Dann klingelte er. Die alte Grotjahn öffnete nicht gleich. Endlich hörte Wißler sie durch den Flur kommen. Sie hatte die Ärmel hochgekrempelt. Ihr Gesicht glänzte.

„Na, was ist? Ich bin beim Backen, das siehst du doch!“

„Hast du einen Augenblick Zeit?“, fragte Wißler.

„Nee, nee, erst muss der Kuchen in die Röhre. Aber du hustest ja. Du machst doch nicht wieder Außendienst?“

„Nein, nur heute. Und ich muss dich gleich sprechen.“

„Was Wichtiges?“

„Ich habe einen Brief für dich“, sagte Wißler.

„Für mich? Wer soll mir den schreiben? Die Enkel doch nicht?“

„So was Ähnliches“, sagte Wißler.

Die alte Grotjahn legte die Stirn in Falten. Sie wusste nicht, was sie von Wißlers Andeutung halten sollte. „Na hör mal. Willst du mich noch länger hier draußen –“

„Nee, nee“, sagte die Grotjahn, „komm nur ’rein, rasch.“
Wißler lächelte und klopfte den Schnee von den Füßen.

Rudolf Otto Wiemer

13

Der erste Schnee

Für die Zeiteinteilung der Erwachsenen, welche ihre Tage zu Wochen, Monaten und Jahre versammeln, und nach diesen, wie der Kalender es lehrt, vor- und rückwärts zählen, hat das Kind lange Jahre hindurch weder die Fähigkeit noch den Sinn. Es rechnet nach den Jahreszeiten und nach seinen Festen, und wer ihm diese letzteren zu vermehren weiß, kommt seinem Gedächtnis ungemein zu Hilfe, während man dem Kinde dadurch zugleich den dunklen Horizont seiner Erinnerungen und seiner Zukunft mit lichten Sternen erhellt. An Festen aber waren wir sehr reich. Neben den Geburtstagen und dem Hochzeitstag der Eltern, an denen immer Gesellschaft im Hause war und für die wir von früh auf etwas lernen und tun mussten, hatten wir unsere eigenen Geburtstage zu feiern, und außer den allgemeinen Feiertagen noch den ersten Schnee und den ersten Adventssonntag, als Merksteine für unsere Kindheit.

Der erste Schnee fällt aber in Preußen oft schon in der ersten Hälfte des Oktobers, und wir konnten an nebligen und regnigen Tagen manchmal gar nicht von den Fenstern fortkommen, weil wir immer hofften, heute werde und müsse der erste Schnee fallen und dann werde am Abende, wenn der Vater heraufkäme, die „große Schachtel" gezeigt werden, die wir eben nur einmal im Jahre, nur beim ersten Schneefall zu sehen bekamen. Ich glaube, kein ägyptischer Priester hat jemals sorgfältiger auf das Steigen des Nils geachtet wie wir Kinder auf den Fall des ersten Schnees. War das Jahr mild oder trocken, ließ der Schnee auf sich warten, so reichte das leiseste Flöckchen der Luft dazu hin, uns alle mit dem Ausruf: es schneit! in die Wohnstube zu treiben. Aber das half uns gar nichts, und mit der Weisung, dass solch ein Gekrümel in der Luft nicht zähle und dass es ordentlich schneien müsse, ehe die Schachtel erscheinen könne, wurden wir zu neuem Warten, zu neuem Hoffen, und dadurch zu erhöhter Freude gesteigert, wenn dann wirklich die weißen dicken Flocken in reicher Fülle von dem dunklen Himmel niederfielen, wenn die schwarzen durchregneten Straßen, wenn die

Dächer und die Wolme und die Bleche vor den Fenstern sich dick mit Schnee bedeckten, aus dessen weißem Glanze uns die Aussicht auf die ersehnten Herrlichkeiten entgegenblinkte.

„Ist's bald sieben Uhr?", fragten die Kinder dann den ganzen Nachmittag, während zum ersten Mal in dem Jahre die Äpfel zum Braten in die Röhre gelegt wurden und ihr Schmoren und ihr Duft die beginnende Feier verkündeten. Die Zeit wurde uns immer erschrecklich lang, aber nicht eine Minute davon wurde uns erlassen, und erst um sieben Uhr gingen wir hinunter, wo die Eltern dann schon die „Schachtel" herausgenommen und auf den Tisch vor dem Sofa hingestellt hatten.

Und was war, was enthielt die Schachtel, auf die wir uns durch ein ganzes Jahr hindurch freuten, die wiederzusehen mir Vergnügen machte, als ich schon zwölf, dreizehn Jahre alt und sehr verständig war, und aus welcher irgendein Stück vor Augen zu bekommen mir heute das Herz mit großer Rührung füllen würde? Die Schachtel war nichts als eine kleine Seitenschieblade aus dem Sekretär meines Vaters, und sie enthielt nichts als einige Angedenken, welche er darin aufbewahr-

te. Es lag darin ein rotes Maroquinbuch, in dem unsere Geburtstage, unsere Krankheiten, der Anfang unseres Schulbesuchs – mit einem Wort die Hauschronik verzeichnet war. Es lagen darin in goldenen Kapseln die Bilder meiner Eltern als Brautleute gemalt, ein Hochzeitscarmen meiner Eltern, ein grünseidener, mit einer Inschrift versehener Vorhang, der unser Bild verhüllt hatte, als die Mutter es dem Vater zum Geburtstag geschenkt. Es lag darin einer jener silbernen Becher, die zum Andenken der Schlacht von Kunersdorf aus Rubeln gefertigt worden waren; es lagen darin Gedichte, welche August Lewald bei meinem ersten Geburtstage an die Eltern gerichtet, desgleichen Brieftaschen, Börsen, Uhrbänder, welche Schwestern und Bekannte meinem Vater gehäkelt und bestickt und die er nie getragen hatte, – kurz, es lagen Kleinigkeiten darin, wie jede nur einigermaßen bemittelte Familie deren ähnliche besitzt, es lag ein Schatz darin, den jede Familie sich für ihre Kinder ansammeln kann, wenn sie den Sinn hat, ihren Kindern auf die leichteste Weise unvergessliche Freuden zu bereiten.
Unsere ganze kleine Vergangenheit wurde uns von den Eltern vor dieser Schieblade unwillkür-

lich rekapituliert. Wir hörten es mit Entzücken, an welchem Tage und in welcher Stunde wir geboren worden waren. Wir amüsierten uns damit, wie schlecht wir noch im vorigen Jahre die Gratulationsgedichte zu der Eltern Geburtstagen geschrieben, wir lernten die Jugendfreunde und Bekannte der Eltern an den kleinen Angedenken kennen, und was mehr als dies alles war: Wenn wir die ersten Bratäpfel verzehrten, hatten wir das Bewusstsein, ein großes Fest gefeiert zu haben, und fingen in aller Stille an, uns schon wieder auf den ersten Schnee des nächsten Jahres zu getrösten.

Unsere Freude an dem ersten Adventssonntage hatte einen noch viel geringeren Anlass. Sie beruhte auf einem kleinen Spielzeug, welches aus zwei, auf grobe Holzsplitter gesteckten, vergoldeten Äpfeln bestand, die mit ein paar Sträußchen Buchsbaum und einem oder zwei aus grobem Ton geformten Vögelchen verziert waren, welche aber nur die Fantasie von Kindern für Vögel zu halten im Stande war. Die ganze Pyramide kostete vielleicht sechs Pfennige, aber – und darauf beruht ein großer Teil der Freude in dem Kinde – wir liebten sie, weil sie nur in der Adventswoche zu kaufen war, weil wir sie alle Jahre zum ersten Advent geschenkt bekommen hatten, weil wir sicher waren, dass man sie uns immer wieder schenken würde, und weil sie uns auf solche Weise überhaupt zu einem Sinnbild der herannahenden Weihnachtszeit geworden war. Sie war uns eine wundervolle Verkündigung, und der Engel, welcher mit seinem Lilienstängel vor der Jungfrau erschien, um ihr die Geburt des Erlösers zu verkünden, konnte sie nicht glücklicher machen als uns der Anblick unserer Eltern, wenn sie abends, vom Ausgehen heimkehrend, uns die ersten Pfeffernüsse und die Apfelbäumchen in das Zimmer brachten. Es umfloss sie ein wahrer Goldglanz von Hoffnungen, alles, was wir wünschten und erwarteten, trat in unsern Gesichtskreis, und nun, von diesem ersten Adventssonntage an, fingen wir zu zählen an, bis endlich mit dem Weihnachtsabende die helle Glückssonne für uns aufging, deren Strahlen uns durch das ganze Jahr nicht zu leuchten aufhören sollte.

Fanny Lewald

14

Weihnachtsmärchen

In einem Häuschen am Eingang eines Waldes lebte ein armer Tagelöhner, der sich mit Holzhauen mühsam sein Brot verdiente. Er hatte eine Frau und zwei Kinder, ein Knäblein und ein Mägdlein. Das Knäblein hieß Valentin und das Mädchen Marie, und sie waren gehorsam und fromm zu der Eltern Freude und halfen ihnen fleißig bei der Arbeit. Als die guten Leute eines Winterabends, da es draußen schneite und wehte, zusammensaßen, da pochte es leise an das Fenster, und ein feines Stimmchen rief draußen: „O lasst mich ein in euer Haus! Ich bin ein armes Kind und habe nichts zu essen und kein Obdach und meine, schier vor Hunger und Frost umzukommen. O lasst mich ein!"

Da sprangen Valentin und Mariechen vom Tisch auf, öffneten die Türe und sagten: „Komm herein, armes Kind, wir haben selber nicht viel, aber doch immer mehr als du, und was wir haben, das wollen wir gern mit dir teilen." Das fremde Kind trat ein und erwärmte sich am Ofen die erstarrten Glieder, und die Kinder gaben ihm zu essen, was sie hatten, und sagten: „Du wirst wohl müde sein. Komm, leg dich in unser Bettchen, wir wollen auf der Bank schlafen."

Da sagte das fremde Kind: „Dank es euch mein Vater im Himmel." Sie führten den kleinen Gast in ihr Kämmerlein, legten ihn zu Bett, deckten ihn zu und dachten sich: „O wie gut haben wir es doch! Wir haben unsere warme Stube und unser Bettchen; das arme Kind aber hat gar nichts als den Himmel zum Dach und die Erde zum Lager." Als nun die Eltern zur Ruhe gingen, legten sich Valentin und Marie auf die Bank beim Ofen und sagten zueinander: „Das fremde Kind wird sich nun freuen, dass es warm liegt. Gute Nacht!"

Die Kinder aber hatten kaum einige Stunden geschlafen, da erwachte die kleine Marie und weckte leise ihren Bruder und sagte: „Valentin, wach auf, wach auf! Hör doch mal die schöne Musik vor unserem Fenster!" Da rieb sich Valentin die Augen und lauschte. Es war ein wunderbares Klingen und Singen, das sich vor dem Hause vernehmen ließ. Und ganz deutlich hörten sie die Worte:

Oh heil'ges Kind wir grüßen dich
mit Harfenklang
und Lobgesang.

Du liegst in Ruh, du heilig Kind;
wir halten Wacht
in dunkler Nacht.

O Heil dem Haus, in das du kehrst!
Es wird beglückt
und hoch entzückt!

Als die Kinder das hörten, befiel sie eine freudige Angst; sie traten ans Fenster, um zu schauen, was draußen geschähe. Da sahen sie im Osten das Morgenrot glühen und vor dem Hause viele Kinder stehen, die goldene Harfen in den Händen hatten und mit silbernen Kleidern angetan waren. Erstaunt und verwundert ob dieser Erscheinung starrten sie zum Fenster hinaus. Da berührte sie ein leiser Schlag, und als sie sich umwandten, sahen sie das fremde Kind vor sich stehen. Das hatte ein Kleid an von funkelndem Gold und auf dem Haupte eine Krone und sprach zu ihnen: „Ich bin das Christkindlein, das in der Welt umherwandelt, um frommen Kindern Glück und Freude zu bringen. Ihr habt mich beherbergt diese Nacht, indem ihr mich für ein armes Kind hieltet, und ihr sollt nun meinen Segen haben." – Da ging es mit den Kindern hinaus, brach ein Reislein von einem Tannenbaum, der am Hause stand, pflanzte es in den Boden und sprach: „Das Reislein soll zum Baume werden und soll euch alljährlich Früchte bringen." Und alsbald verschwand es mit den Engeln. Das Tannenreis aber schoss empor und ward zum Weihnachtsbaum; der aber war behangen mit goldenen Äpfeln und Silbernüssen und blühte alle Jahre einmal.

Franz von Pocci

Weihnachten in der Speisekammer

Unter der Türschwelle war ein kleines Loch. Dahinter saß die Maus Kiek und wartete.
Sie wartete bis der Hausherr die Stiefel aus- und die Uhr aufgezogen hatte; sie wartete, bis die Mutter ihr Schlüsselkörbchen auf den Nachttisch gestellt und die schlafenden Kinder noch einmal zugedeckt hatte; sie wartete auch noch, als alles dunkel war und tiefe Stille im Hause herrschte. Dann ging sie.
Bald wurde es in der Speisekammer lebendig. Kiek hatte die ganz Mäusefamilie benachrichtigt. Da kam Miek die Mäusemutter mit den fünf Kleinen, und Onkel Grisegrau und Tante Fellchen stellten sich auch ein.
„Frauchen, hier ist etwas Weiches, Süßes“, sagte Kiek leise vom obersten Brett herunter zu Miek, „das ist etwas für die Kinder“, und er teilte von den Mohnpielen aus. „Komm hierher Griseg-

rau", piepste Fellchen, und guckte hinter der Mehltonne vor, „hier gibt's Gänsebraten, vorzüglich, sag ich dir, die reine Hafermast; wie Nuss knuspert sich's." Grisegrau aber saß in der neuen Kiste in der Ecke, knabberte am Pfefferkuchen und ließ sich nicht stören. Die Mäusekinder balgten sich im Sandkasten und kriegten Mohnpielen. „Papa", sagte das größte, „meine Zähne sind schon scharf genug, ich möchte lieber knabbern, knabbern hört sich so hübsch an." „Ja, ja, wir wollen auch lieber knabbern", sagten alle Mäusekinder, „Mohnpielen sind uns zu matschig", und bald hörte man sie am Gänsebraten und am Pfefferkuchen. „Verderbt euch nicht den Magen", rief Fellchen, die Angst hatte, selber nicht genug zu kriegen, „an einem verdorbenen Magen kann man sterben." Die kleinen Mäuse sahen ihre Tante erschrocken an; sterben wollten sie ganz und gar nicht, das musste schrecklich sein. Vater Kiek beruhigte sie und erzählte ihnen von Gottlieb und Lenchen, die drinnen in ihren Betten lägen und ein hölzernes Pferdchen und eine Puppe im Arm hätten; und dass in der großen Stube ein mächtiger Baum stände mit Lichtern und buntem Flimmerstaat, und das es in der ganzen

Wohnung herrlich nach frischem Kuchen röche, der aber im Glasschrank stände, und an den man nicht heran könnte. „Ach“, sagte Fellchen, „erzähle nicht so viel, lass die Kinder lieber essen.“ Die aber lachten die Tante mit dem dicken Bauch aus und wollten noch viel mehr wissen, mehr als der gute Kiek selbst wusste. Zuletzt bestanden sie darauf, auch einen Weihnachtsbaum zu haben, und die zärtlichen Mäuseeltern liefen wirklich in die Küche und zerrten einen Ast herbei, der von dem großen Tannenbaum abgeschnitten war. Das gab einen Hauptspaß, die Mäusekinder quiekten vor Entzücken und fingen an, an dem grünen Tannenholz zu knabbern; das schmeckte aber abscheulich nach Terpentin, und sie ließen es sein und kletterten lieber in dem Ast umher. Schließlich machten sie die ganze Speisekammer zu ihrem Spielplatz. Sie huschten hierhin und dorthin, machten Männchen, lugten neugierig über die Bretter in alle Winkel hinein, und spielten Versteck hinter den Gemüsebüchsen und Einmachtöpfen; was sollten sie auch mit dem dummen Weihnachtsbaum, an dem es nichts zu essen gab! Als aber das kleinste ins Pflaumenmus gefallen war und von Mama Miek und Onkel

Grisegrau abgeleckt werden musste, wurde ihnen das Umhertollen untersagt, und sie mussten wieder artig am Pfefferkuchen knabbern.
Am andern Morgen fand die alte Köchin kopfschüttelnd den Tannen Ast in der Speisekammer und viele Krümel und noch etwas, was nicht gerade in die Speisekammer gehört, ihr werdet euch schon denken können was! Als Gottlieb und Lenchen in die Küche kamen, um der alten Marie guten Morgen zu wünschen, zeigte sie ihnen die Bescherung und meinte: „Die haben auch tüchtig Weihnachten gefeiert." Die Kinder aber tuschelten und lachten und holten einen Blumentopf. Sie pflanzten den Ast hinein und bekränzten ihn mit Zuckerwerk, aufgeknackten Nüssen, Honigkuchen und Speckstückchen. Die alte Marie brummte; da aber die Mutter lachend zuguckte, musste sie schon klein beigeben. Sie stellte alles andere sicher und ließ den kleinen Naschtieren nur ihren Weihnachtsbaum.
Die Kinder aber jubelten, als sie am zweiten Feiertage den Mäusebaum geplündert vorfanden und hätten gar zu gern auch ein Dankeschön von dem kleinen Volke gehört. „Den guten Speck vergesse ich mein Lebtag nicht", sagte Fellchen,

und Grisegrau biss eine mitgebrachte Haselnuss entzwei; Kiek und Miek aber waren besorgt um ihre Kleinen, die hatten zu viel Pfefferkuchen gegessen, und ihr wisst, liebe Kinder, das tut nicht gut!

Paula Dehmel

16

Die 25. Stunde

Besorgt meldeten die Engel eines Tages dem Schöpfer, dass die Menschen fast gänzlich aufgehört hätten zu beten. Daraufhin beschloss der himmlische Rat, die Ursachen durch eine Schar von Engeln untersuchen zu lassen.
Diese berichteten Folgendes: Die Menschen wissen um das Fehlen ihrer Gebete und beklagen es. Aber leider hätten sie trotz ihres guten Willens einfach keine Zeit zum Beten.
Im Himmel war man verblüfft und erleichtert: Statt des befürchteten Abfalls handelte es sich also nur um ein Zeitproblem! Die himmlischen Räte überlegten hin und her, was zu tun sei. Einige meinten, man solle durch entsprechende Maßnahmen das moderne, hektische Leben abschaffen. Eine Gruppe schlug sogar eine Bestrafung des Menschengeschlechtes vor: „Das wird schon seine Wirkung tun“, sagten sie und verwiesen auf die Sintflut.
Das Ei des Kolumbus aber fand ein junger Engel. Gott soll den Tag verlängern! Zur Überraschung

aller war dieser einverstanden. Er schuf eine 25. Tagesstunde. Im Himmel herrschte Freude. „So ist Gott eben“, sagte man. „Er hat Verständnis für seine Geschöpfe.“

Als man auf der Erde zu merken begann, dass der Tag eine Stunde länger dauerte, waren die Menschen verblüfft und, als sie den Grund erfuhren, von Dankbarkeit erfüllt. Erste Reaktionen waren vielversprechend: Es werde zwar einige Zeit dauern, so hörte man aus informierten Kreisen, bis die Anpassung vollzogen sei, aber dann werde sich alles einspielen. Nach einer Zeit vorsichtiger Zurückhaltung ließen die Bischöfe verlauten, die 25. Stunde werde als „Stunde Gottes“ in das Leben der Menschen eingehen.

Doch im Himmel wich die anfängliche Freude bald der Ernüchterung. Wider aller Erwartung kamen im Himmel nicht mehr Gebete an als bisher, und so sandte man wiederum Boten zur Erde. Diese berichteten: Die Geschäftsleute ließen sagen, die 25. Stunde – für die man sich durchaus zu Dank verpflichtet sehe – habe durch die Umstellung der Organisation Kosten verursacht. Durch erhöhten Einsatz müssten die Kosten eingearbeitet werden. Man bitte um Verständnis für diese Sachzwänge.

Ein anderer Engel war bei der Gewerkschaft. Erstaunt, aber doch höflich wurde er angehört. Dann erklärte man ihm, die neue Stunde entspreche einer längst überfälligen Forderung der Gewerkschaft. Im Interesse der Arbeitnehmer müsse sie für die Erholung freigehalten werden.
In Kreisen der Intellektuellen wurde über die neue Stunde ausgiebig diskutiert. In einer viel beachteten Talkshow im Fernsehen wurde vor allem darauf hingewiesen, dass dem mündigen Bürger niemand vorschreiben könne, was er mit dieser Stunde zu tun habe. Die Idee der Bischöfe, sie als „Stunde Gottes" im Bewusstsein der Menschen zu verankern, müsse als autoritäre Bevormundung zurückgewiesen werden. Im Übrigen sei die Untersuchung darüber, wie die neue Zeiteinheit entstanden sei, nicht abgeschlossen. Naiv-religiöse Deutungen aber könnten den Menschen auf keinen Fall zugemutet werden.
Dem Engel aber, der zu den kirchlichen Kreisen gesandt worden war, wurde bedeutet, dass man ohnehin bete. Der Eingriff des Himmels, so sagte man, dürfe auf jeden Fall nur als Angebot verstanden werden, als ein Baustein der persönlichen Gewissensentscheidung.

Einige gingen noch weiter und sagten, aus der Sicht der kirchlichen Basis sei die ganze Angelegenheit kritisch zu bewerten: Die Zweckbindung der 25. Stunde zugunsten des Gebetes sei eng und könne auf gar keinen Fall „von oben" verfügt werden, das heißt ohne entsprechende Meinungsbildung „von unten". Manche Pfarrer betonten, wie dankbar sie für die zusätzliche Zeit seien, derer sie dringend für ihre pastorale Arbeit bedürften.

Und so hatten eigentlich fast alle einen Grund, warum die dazugewonnene Tagesstunde nicht dem Gebet gewidmet sein könne. Einige Engel aber berichteten von Menschen, die die geschenkte Zeit wie andere Stunden ihres Lebens dankbar aus den Händen Gottes annahmen: für ihre Aufgaben, für den Dienst an den Mitmenschen, für die Teilnahme an der heiligen Messe und – für das Gebet, für das sie jetzt noch leichter Zeit fanden als bisher.

So erkannte der himmlische Rat: Das Gebet ist eine Frage der Liebe. Zeit allein bringt keine Beter hervor. Zeit haben, genau besehen, immer nur die Liebenden. Daraufhin wurde beschlossen, Gott zu bitten, die 25. Stunde wieder abzuschaffen und auch die Erinnerung daran aus den Köpfen der Menschen zu löschen. – Und so geschah es.

Andreas Laun

17

Der Hirtenjunge

Ein Hirtenjunge war wegen seiner klugen Einfälle und witzigen Antworten bekannt. Von ihm hörte auch eines Tages der Bischof. Er ließ ihn sogleich zu sich kommen, um ihn zu prüfen. Der Knabe erschien vor dem geistlichen Herrn. Da sagte der Bischof, er habe von ihm gehört, dass er ein kluger Knabe sei, und er wolle ihm nun zur Probe drei Fragen vorlegen, und wenn er sie gut beantworte, so solle er für jede Antwort einen Goldgulden erhalten. Das war dem Hirtenjungen recht. Der Bischof sprach: Zum ersten sag' mir, wie viel Sterne sind am Himmel? Das Büblein verlangte Tinte, Feder und Papier. Dann machte er auf das Papier so viel Tüpflein, wie er vermochte, und zeigte das Papier dem Bischof, und sagte: So viele Sterne sind's, und nicht mehr. Der Bischof sagte: Wer wird diese Tüpflein alle zählen? Der Junge antwortete: Der Sterne sind eben auch unzählige. Mit dieser Antwort war der Bischof zufrieden, und er gab ihm einen Goldgulden. – Drauf fuhr er fort: Zum zweiten sag' mir: Wie viel Tropfen sind im Meer? Der Junge nahm wieder ein Blatt Papier, und schrieb Zahl an Zahl, so weit das Papier reichte. Das gab er dem Bischof hin, und nahm einen andern Bogen, und schrieb weiter fort. Der Bischof sagte: Wenn du so weiterschreibst, so kommen wir an kein Ende. Der Junge antwortete: Und wenn die Quellen und die Flüsse es so tun, so kommen wir mit dem Zählen der Tropfen auch an kein Ende. Wenn sie aber alle Quellen versiegen und alle Flüsse vertrocknen lassen, so kann ich sagen, wie viel Tropfen das Meer hat. Mit dieser Antwort war der Bischof wiederum zufrieden, und er gab ihm einen zweiten Goldgulden. – Darauf legte er ihm die dritte Frage vor: Wie viel Blätter gibt's auf allen Bäumen auf der Welt? Aber das musst du mir im Kopf ausrechnen. Der Junge war nicht verlegen, sondern sagte: Wenn sie alle Blätter, die im Herbst abfallen, abziehen von denen, die im Frühjahr darauf wachsen, so wissen sie es ganz genau. Der Bischof sagte: Da bleiben ja keine übrig. Ja, sagte das Büblein, es sind auch keine Blätter auf den Bäumen im Winter. Der Bischof musste lachen, und gab ihm den dritten Goldgulden. – Der Hirtenjunge bedankte sich. Dann sagte er: Herr Bischof, erlaubt mir nun noch, dass ich an Sie auch eine Frage stellen darf. Der Bischof erlaubte es ihm, und war begierig, die Frage zu hören. Das Büblein sagte: Worin gleichen wir beide einander, und worin unterscheiden wir uns? Das erriet der Bischof nicht. Da sagte das Büblein: Im Katechismus steht, dass sie ein Hirte sind und Schafe zu hüten haben; darin sind wir einander gleich. Wir sind aber darin voneinander unterschieden, dass sie ein Oberhirte sind, und Reichtum und Ehre besitzen, und ich bin ein ganz armer Hirtenjunge, und habe von beidem nichts. Darum bitte ich Euch, nehmt mich in Eure Dienste und gebt mir Nahrung und Kleidung und sorgt für mich. Das tat denn auch der Bischof; und so wurde aus dem armen Hirtenjungen ein angesehener und hochstudierter Mann.

Ludwig Aurbacher

18

Advent

Die Zeit schläft. Sie hat sich in die Federflaumen des Schnees oder in die Schlafhaube der Dezembernebel vermummt und fröstelt in Fieberträumen. Nur wenige Stunden des Tages schlägt sie die trüben Augen auf, erwartungsvoll ausblickend nach des Verheißenen Ankunft. Advent! – So kann's nicht bleiben, anders muss es werden; – aber wer soll denn kommen? Der Erlöser, sagt der Prediger; der Jahrlohn, sagt der Dienstbote; die Weihnachtsgabe, sagen der Arme und das Kind; die Feiertage mit dem Christbraten, sagt der Bauer.

Und – Apollo, der Sonnenwenden, sagt die Zeit. Wahrhaftig, die Sonne ist lahm und siech, die vermag gar nicht mehr hoch zu steigen; sie spaziert ihre paar Stündlein des Tages dort über den beschneiten Berghalden hin und hüllt sich dicht in Nebelmäntel, dass sie sich ja nicht erkälte. Jeder Strauch hat sich eine weiße Decke über die Ohren gezogen; jeder Baum hat sich eine weiße

Pelzhaube machen lassen – weiß ist sehr in der Mode. Der Teich hat sich eine tüchtige Winterfensterscheibe überfrieren lassen, der Bach hat sich einen kristallenen Kanal gewölbt, und der Hansel hat sich ein neues Paar Handschuhe stricken lassen aus weißer Schafwolle.

Ei, wäre dem Haushahn der Schnabel verfroren! Aber kaum der Nachtwächter zur Ruhe gekommen, hebt der Hahn an zu krähen, und das ist schon um drei oder vier Uhr, und der Hansel muss sein liebes Strohnest in der Stallkammer verlassen. Es ist diesmal das Dreschen noch nicht aus; dies Jahr kommt sie spät, die Krapfengarb'. Zwei „Legen" Stroh müssen gedroschen werden vor Tags und da meint der Hansel: „Wenn wir uns aufs Stroh täten hinlegen und tüchtig und mit allem Fleiß darauf losschliefen, ob das Zeug nicht auch weich werden wollt?" Er weiß es aber gleichwohl, dass man nicht drischt, um das Stroh weichzumachen, sondern um das Korn herauszuschlagen.

Nach dem Frühstück gehen die Knechte hinaus in den Wald; auch eine oder die andere Magd, die höhere Strümpfe hat, als der Schnee tief ist, muss mit. Sie sägen Bäume um, glatt am Rand natür-

lich, aber kommt nur erst der Sommer, so zeigen die mannshohen Strünke, wie tief im Advent der Schnee gelegen ist. Die Ammerlinge und Häher zwitschern auf den Wipfeln ihre Winternot und kratzen Schneestaub nieder auf die Holzarbeiter, oder es stürzen ganze Schollen herab, so dass sich die Leutchen mühsam aber lachend aus dem Schneestaube wühlen müssen. Und wenn's erst stürmt, dass die gefrorenen Stämme winseln und krachen, dort und da ein Wipfel niederfährt und der scharfe Schneestaub saust, dass der Hansel die Kathel nicht mehr sieht und nach ihr mit den Fingern muss greifen, ob sie der Wind wohl nicht schon davongetragen – so ist das ein „saggrisch verteufeltes" Brennholzschlagen.
Die daheim haben es besser. Die legen das Holz des winterstürmischen Waldes in den Ofen und spinnen Garn und singen „Frauengesänge" und erzählen sich Märchen und plaudern und kichern.
Und wie gut sie verwahrt sind! An den Scheiben der kleinen Fenster ist der Schimmel des Eises gewachsen, und von den Dachvorsprüngen weben sich die silberweißen Spangen der gefrorenen Falltropfen nieder und hinein in den Schneewall,

der das Haus umgibt. Da muss denn freilich bald nachmittags der Kienspan wieder glimmen. Und am Abende knarrt die Türe, da wird draußen im Vorgelass Schnee von klingenden Schuhen geklöpfelt – Advent! Ankunft! Der Hansel ist da; der Hansel und der Seppel und der Franzel und der Toni. Ihr jungen Weiblein allmitsamt, jetzunder wird's noch lustiger bei Euch in der Spinnstube.
Lodenwämser austun, die klingenden Schuhe gegen „Strohpatschen" versetzen, warm Süpplein und „Brennsterz" grüßen, das kommt jetzt dran; dann heißt es die Pfeifen stopfen – brennt's nur erst, hebt das Schäkern an, geht das Necken los, und – der Hausvater und die Hausmutter sind nicht gar allfort zugegen – bis es Schlafenszeit wird, ist mancher Rocken verzaust, mancher Faden gerissen. „Sie tun's nit, und sie tun's einmal nit zusamm', die Mandeln und die Weibeln!" hat der alt' Kas-Möstel gesagt.
Aber Tageslast ist schwer gewesen, und im Stüblein sitzt sich's so warm, und die Augen sinken und sinken – Advent! der Schlaf ist da! Die Kathel ruht in der einsamen Klause und kann nicht schlafen, weil die Tür in die Stallkammer hinaus

nicht gut verriegelt ist, so trägt sich's wohl zu, dass insonderheit auch die Kathel Advent feiert.
Darf nicht gelten. Ankunft des Messias! sagt der Prediger, und die Kirche nimmt's ernsthaft. Alltäglich, ehe noch der Morgenstern aufgeht, zieht der Mesner ein Flämmchen von der roten Ampel des Ewigen Lichts und zündet damit die Altarkerzen an. Und die Glocken läuten, bis von nah und von fernem Gebirge die Andächtigen herbeikommen durch Nacht und Nebel und auch ihre Kerzlein anbrennen in der nächtigen Kirche und ein Lied ertönen lassen, das ihnen schon der Prophet Jesaias vorgesungen hat: „Tauet, Himmel, den Gerechten!"
Eine rührende Sehnsuchtsklage.
Als ich, ein Knabe noch, mit meinem Oheim einmal in die Rorate ging, fragte ich ihn unterwegs, was denn das eigentlich heiße: Tauet, Himmel, den Gerechten? Mein Oheim schwieg eine Weile, dann stand er plötzlich still: „Du fragst so närrisch. Viertausend Jahre haben sie gewartet; allerweil und in allen Enden und Winkeln sind Leut' geboren worden, aber ein ganz Gerechter ist halt nit dabei gewesen. Wo hernehmen, wenn er aus dem Menschenvolk nicht aufsteht? Aus der Erden

hat er ihn herausstampfen wollen, der alte Prophetenmann, dem schon angst ist worden in der Seel'; aus der Luft hat er ihn wollen herabziehen, und in allen Wolken hat er ihn gesucht, und so hat er einmal in einer ruhsamen Nacht, da er auf der Heid' ist gestanden, die Hände ausgestreckt gegen Himmel und hat das Wort gerufen. – Jetzt, Bub, wenn Du's nicht verstehst, anders kann ich Dir es nicht ausdeuten. Lass' ich Dich da stehen im Wald und geh' Dir davon und sag': wart', bald komm' ich. Und ich komm aber nicht, und Du stehst eine Stund um die andere und frierst und hörst die wilden Tiere heulen – und kennst keinen Weg, und ich komm' noch immer nicht – nachher, Bub, wirst es wohl verstehen, wie dem Prophetenmann ums Herz ist gewesen."

Wir sind weiter gegangen, und nie habe ich kindlicher die Erwartung des Erlösers empfunden, als bei derselbigen Rorate.

Peter Rosegger

19

Das Weihnachtsfest war nahe

Das Weihnachtsfest war nahe, wir konnten die Tage bis zum 24. Dezember schon an den Fingern abzählen, als sich etwas begab, das uns in die größte Aufregung versetzte. Vor unsern Nasen gleichsam verschwanden unsere Puppen. Auf einmal waren alle fort. Eine vollständige Puppenauswanderung hatte stattgefunden.
Das Bett, in das Fritzi gestern noch ihre älteste Tochter, die große Christine, schlafen gelegt hatte – leer. Die Angehörigen Christinens hinweggefegt, als ob sie nie dagewesen wären. Meine blonde Fanchette, die freilich von der Blondheit nur noch den Ruf besaß – denn eine geduldige Friseurin war ich nicht –, ebenfalls unauffindbar. Wir kramten vergeblich nach ihr in unsern Laden, durchforschten alle Schränke und Winkel. Wir liefen ins Kinderzimmer und klagten die armen kleinen Brüder des Raubes unserer Puppen

an. Dass wir auch im vorigen Jahre kurze Zeit vor Weihnachten denselben Jammer erlebt und dann unter dem Christbaum ebenso viele Puppen, als wir vermisst hatten, mit glänzend lackierten Gesichtern, reichem Gelock und schön gekleidet sitzen sahen, fiel uns nicht ein. Oh, wir waren dumme Kinder! Ich glaube nicht, dass es heutzutage noch so dumme Kinder gibt.

Pepinka, ärgerlich über die Nachgrabungen, die wir nun auch in dem von ihr beherrschten Reiche zu unternehmen begannen, ließ sich zu einem unvorsichtigen Worte hinreißen. „Geht, geht! Sucht eure Puppen dort, wo sie sind."

„Weißt du, wo sie sind? ... Ja, ja, du weißt es! Wo sind sie?" Wir ließen nicht nach, gaben ihr keine Ruhe, bis sie endlich, um uns loszuwerden, sagte: „Die kleine Greislerin hat sie gestohlen. Grad ist sie mit der Christine über die Gasse gelaufen."

Gestohlen also! Unsere Kinder gestohlen! Durch die kleine Greislerin – oh, das leuchtete uns ein. Der konnte man alles Schlechte zutrauen. Ihre Mutter hatte einen Laden, gerade unter einem der Fenster des Kinderzimmers. Wir kauften dort die Glas- und Steinkugeln, mit denen wir eine Art Kriegsspiel spielten. Von der Mutter erhielten wir immer fünf Stück für einen Kreuzer, von der Tochter nur drei. Genügte das nicht, um uns ein Licht aufzustecken über das ganze Wesen dieser Person? Sie, natürlich, war die Puppenentführerin, sie lief herum mit der Christine, an ihr musste Rache genommen werden. Es musste! Ich war Feuer und Flamme dafür, und es gelang mir, meine Schwester davon zu überzeugen. Auch die sanfteste Mutter kann grausam werden, wenn es Kindesraub zu bestrafen gilt. Am liebsten würden wir die Missetäterin durchgeprügelt haben – woher aber die Gelegenheit dazu nehmen? Sie bei der Frau Greislerin verklagen? Ach, die tut ihr nichts, die fürchtet sich selbst vor ihr. Was also soll geschehen? Was für ein Gesicht soll unsere Rache haben? Ein schwarzes!, machten wir endlich aus. Es war beschlossen, was der Diebin geschehen soll: Wir werden ihr Tinte auf den Kopf gießen.

Pepi war ins Nebenzimmer zu den Kleinen gegangen und hatte die Tür geschlossen; wir glaubten unser nichtsnutziges Vorhaben ungestört ausführen zu können. Ich holte eilends das Fläschchen herbei, das unsern Tintenvorrat enthielt; wir schoben in das Fenster, unter dem der

Greislerladen sich befand, einen Schemel und bestiegen ihn. Fritzi öffnete den inneren Fensterflügel und mit Mühe nur ein wenig den äußeren, und ich steckte den mit der Tintenflasche bewaffneten Arm durch den Spalt. Jetzt – hinunter mit dem Guss! Hinunter auf die Greislerin, die natürlich nichts Besseres zu tun hat, als dazustehen und ihm ihr schuldiges Haupt darzubieten.
Die spanische Armada war einst nicht siegesgewisser ausgezogen als wir zu unserer Unternehmung – und ihr Schicksal teilten wir. Die Elemente erhoben sich wider uns. Es stürmte an dem Tage im Rotgässchen wie anno 1588 auf dem Atlantischen Ozean, und noch dazu gab's ein Gestöber von weichem Schnee. Ein Windstoß entriss meiner Schwester den Fensterflügel und schlug ihn gleich darauf so schnell wieder zu, dass ich kaum Zeit hatte, meinen ausgestreckten Arm zurückzuziehen und das Tintenfläschchen vor dem Sturze zu retten. Sein Inhalt übersprühte die Glasscheibe, tropfte, mit Schnee und Regen vermischt, vom Fenstersimse herab, umhüllte meine Finger mit der Farbe der Trauer. Laut und lebendig gestaltete sich der Schluss des ganzen Abenteuers. Pepinka musste etwas von

unserm Treiben vernommen haben, denn plötzlich stürzte sie herbei. Ihr Antlitz glich dem rot aufgehenden Monde, ihre Haubenbänder flogen – ich weiß noch recht gut, dass sie eidottergelb waren.

„Ihr Verdunnerten!“, rief sie. „Jesus, Maria und Josef! Fenster aufreißen, mitten im Winter! Was fällt euch ein, ihr, ihr …“ Der Rest sei Schweigen. Mögen die Ehrentitel, mit denen sie uns ausstattete, der Vergessenheit anheimfallen. Sie bildeten eine relativ milde Einleitung zu den in prophetischem Tone ausgesprochenen Worten: „Ihr könnt euch freuen. Gleich wird die Polizei über euch kommen!“

Da war mit einem Mal alles erloschen, jeder Funke des Hasses gegen die Greislerin und bis aufs letzte Flämmchen unsere lodernde Racheglut. Nur noch einen heißen Wunsch hatten wir, nur mit einer Bitte bestürmten wir Pepinka: Nur die Polizei nicht hereinlassen! Nur der Polizei nicht erlauben, dass sie komme, uns „einzuführen“!

Marie von Ebner-Eschenbach

20

Elfriedes Wunschzettel

Elfriede ist eine viel beschäftigte und viel redende Dame von etwa 45 Jahren. Sie ist Sekretärin in einem großen Büro. Doch im letzten Jahr hat man sie mit einer Sonderaufgabe betraut und ihr ein Extrazimmer zugedacht, um die leidenschaftliche Erzählerin still zu machen.

Sie erledigt sorgfältig ihre Arbeit am Computer, redet aber pausenlos mit sich selbst.

Sie ist verheiratet mit einem Juristen, der knochentrocken verhandelt und exakt – wie es einem Gesetzesmenschen entspricht – mit seinen Klienten umgehe. Auch in der Ehe spricht Elfriede die meiste Zeit.

Sie denkt laut, sie redet laut und spricht oft vor sich hin, was sie möchte und was sie sich wünscht. Der Mann hört nicht immer zu. Vieles geht spurlos an seinen Ohren vorbei.

Konkrete Wünsche, besonders Geschenke ...

... wenn er sie beschenke, fühlt sie sich wirklich

geliebt. Sie hat als Christin gelernt, Selbstsucht auszublenden.
Ihr Mann ist froh, dass er eine zugewandte und einfühlende Gattin besitzt, die dringend ein Gegenüber braucht, einen artigen Zuhörer, mit dem sie innig verbunden ist. Da er still und in sich gekehrt ist, ist er dankbar, dass zwischen ihnen keine Funkstille eintritt.
Es ist drei Wochen vor Weihnachten. Elfriede hat sich vorgenommen, keine konkreten Weihnachtswünsche zu äußern. Aber zwischen den Zeilen kommen ihre versteckten Wünsche zur Sprache.
5. Dezember. Beide lesen die Tageszeitung.
Elfriedes Blick fällt auf eine Werbung. Beiläufig bemerkt sie: „Da fällt mir Frau Rohr ein, die Geschäftsführerin unserer Firma. Sie hat eine Reise zum ‚Nordischen Advent' gebucht. Hier steht es: „Dreitägige Bus- und Schiffsreise. Zwei Übernachtungen, Städtebesichtigung in Lübeck mit Weihnachtsmarkt, Stadtrundfahrt Kopenhagen mit Weihnachtsmarkt, Bummel durch Malmö ..."
„Die wollen Weihnachten bummeln?", unterbricht sie ihr Mann. „Die haben wohl Langeweile!"

Elfriede legt die Zeitung beiseite. Mit Reisen kann sie ihm nicht kommen, so viel meint sie verstanden zu haben.

10. Dezember. Beide sitzen wieder auf dem Sofa zusammen.

Sie hat die Kerzen am Adventsgesteck entzündet. Ihre Hände streicheln seine Wangen. Er lässt es dankbar geschehen.

„So kann es Weihnachten werden!“, sagt sie.

Er nickt zustimmend.

Auf dem Tisch vor ihnen liegt ein großes buntes Werbeblatt mit ... riesigen Flaschen darauf.

„Herr Winkler im Nachbarhaus hat vor ein paar Tagen eine Weinsendung aus Süddeutschland erhalten. ... Wein. Stell dir vor, er hat 48 Prozent eingespart. So steht es zumindest in der Werbeanzeige. Ist das nicht ein tolles Angebot?“

Der Partner zieht die Stirn kraus. „Ich dachte, Christus ist für Kinder gekommen. Er beschenkt uns nicht mit Wein, der benebelt!“

Elfriede muss dringend ins Bad. Weihnachten muss offensichtlich ohne Wein gefeiert werden.

14. Dezember. Beide gehen durch die Stadt. Elfriede hat sich bei ihrem Partner fest unter-

gehakt. Er ist glücklich, dass seine Geliebte auf diese Weise vereinnahmend ist.

Sie bleiben vor einem Geschäft mit wertvollen Halsketten, Goldgeschmeide und teuren Uhren stehen. Beide schauen sich stumm an.

Plötzlich taucht neben ihnen eine Mutter mit einer Teenagerin auf. Das Mädchen stößt die Mutter leicht an und sagt: „Da, die Uhr ganz links im Schaufenster. Die ist mein Weihnachtswunsch."

Elfriede, der die Worte der Tochter nicht entgangen sind, zwickt ihren Mann liebevoll in den Arm. „Ein wirklich schönes Stück!" Die Mutter des Mädchens erschrickt. „Kind, bist du verrückt! Die Uhr kostet über 500 Euro."

Elfriedes Mann hat alles mit angehört, er gibt sich einen Ruck und spricht das vorlaute Mädchen an. „Ich habe von klein auf gelernt, Weihnachten werden wir mit dem Kind in der Krippe beschenkt. Was hat dein Wunsch mit dem Christfest zu tun?"

Die Mutter des Mädchens hat Tränen in den Augen, fasst ihre Tochter am Arm und schleicht kommentarlos davon.

Elfriede wendet sich vom Schaufenster ab.

Ihre Geschenklaunen sind verflogen.

„Weißt du was?“, meint sie. „Wir sollten am 24. Dezember morgens um sechs Uhr in den Frühgottesdienst unserer Kirche gehen. Anschließend beschenken wir uns zu Hause. Was hältst du davon?“
„Ja, mein Schatz, eine gute Idee. So wird's gemacht.“
Elfriede hat heimlich viele kleine Weihnachtspäckchen geschnürt. Werner, ihr Mann, hat vier Tage vor Heiligabend einen schönen Weihnachtsbaum gekauft und geschmückt.
Am 24. Dezember fahren beide in aller Frühe, es ist noch dunkel, zur Kirche. Viele Menschen begegnen ihnen vor und in der Kirche.
Kirchenchor und Posaunenchor sind gut besetzt. Gemeinsam wird gesungen: „Kommt und lasst uns Christus ehren ...“
In der Predigt geht es um die Frage, was zu Weihnachten erwartet wird. Ein rührseliges Fest oder das Kind in der Krippe? Festtagsbraten und Geschenke oder der Erlöser der Menschheit?
Dann ist der weihnachtliche Frühgottesdienst zu Ende. Er hat seine Besucher auf die Ankunft des Erlösers eingestimmt.

In Elfriede rumort es. Der Gottesdienst hat ihre Erwartungen geändert, die sich bisher eher um materielle Geschenke, um menschliches Glück und um Erwartungen gedreht haben, die ihr Liebster erfüllen soll.
Bereits vor dem Gottesdienst hat ihr Mann den Frühstückstisch gedeckt. Drei Plätze hat er mit Tasse und Teller und mit Besteck vorbereitet.
Um halb acht Uhr sind beide wieder zu Hause. Werner bittet seine Frau, im Flur zu warten, und geht allein ins Esszimmer. Die Lichter am Weihnachtsbaum werden von ihm angemacht. Auf dem Tisch brennen rote Kerzen und bei dem dritten Platz, der für das Christuskind frei gehalten ist, liegt auf dem Stuhl ein bunter Umschlag.
Nun bittet der Mann seine Frau ins Zimmer und umarmt sie herzlich. Dann zeigt er auf den Stuhl beim dritten Platz. „Mit ihm werden wir das Fest feiern."
Seine Frau blickt ihren Mann überrascht und berührt zugleich an. Sie entdeckt den Umschlag, auf dem zu lesen ist: „Für Elfriede". Zögernd nimmt sie ihn an sich.
Beide lassen sich auf ihren angestammten Plätzen nieder. Werner spricht das Tischgebet.

Dann genießen sie erst einmal den duftenden Kaffee. Auf bunten Tellern warten frisches Brot und leckere Kuchenstücke.
Jetzt kann Elfriede ihre Neugier nicht mehr bezähmen. Sie öffnet den Umschlag und liest laut, was ihr Gatte geschrieben hat:
„Geliebte Elfriede! Heute ist Weihnachten und wir erwarten den Herrn aller Herren. Unsere Erwartungen sind auf seine Liebe gerichtet. Er beschenkt uns unverdient. Und wir beschenken uns, weil wir uns lieben. Dir überreiche ich einen Scheck, er deckt alle Deine Wünsche, die Du Dir erfüllen darfst. Dein Dich liebender Mann."
Die reich Beschenkte wirft sich ihrem Gatten glücklich in die Arme.

Reinhold Ruthe

21

Schuster Konrad erwartet den lieben Gott

An diesem Morgen war Konrad, der Schuster, schon sehr früh aufgestanden, hatte seine Werkstatt aufgeräumt, den Ofen angezündet und den Tisch gedeckt. Heute wollte er nicht arbeiten, denn er erwartete einen hohen Gast. Den höchsten, den man sich denken kann. Er erwartete Gott selbst. In der vorigen Nacht hatte Gott ihn im Traum wissen lassen, dass er ihn besuchen werde.

Nun saß Konrad also in der warmen Stube und wartete. Sein Herz war voller Freude. Da hörte er draußen Schritte, und schon klopfte es an die Tür. Das ist er, dachte Konrad, sprang auf und riss die Tür auf. Aber es war nur der Briefträger, der von der Kälte ganz blau gefrorene Finger hatte und sehnsüchtig nach dem heißen Tee auf dem Ofen schielte. Konrad ließ ihn herein, gab ihm eine Tasse Tee und ließ ihn sich aufwärmen.

„Danke“, sagte der Briefträger, „das hat mir gutgetan“, und er stampfte wieder in die Kälte hinaus. Sobald er das Haus verlassen hatte, räumte Konrad schnell das Geschirr ab und stellte saubere Tassen auf den Tisch. Dann setzte er sich wieder ans Fenster und wartete. Er wurde Mittag, aber von Gott war nichts zu sehen.

Plötzlich erblickte er einen kleinen Jungen, und als er genauer hinsah, bemerkte er, dass dem Kleinen die Tränen über die Wangen liefen. Konrad rief ihn zu sich. Das Kind hatte im Gedränge der Stadt seine Mutter verloren und fand nicht mehr nach Hause zurück. Konrad legte einen Zettel auf den Tisch und schrieb darauf: „Bitte, warte auf mich. Ich bin gleich zurück.“ Er ließ seine Tür einen Spalt offen, nahm den Jungen an der Hand und brachte ihn heim.

Aber der Weg war weiter, als er gedacht hatte, und so kam er erst heim, als es schon dunkelte. Als er von ferne sah, dass jemand in seinem Zimmer am Fenster stand, erschrak er sehr. Aber dann klopfte sein Herz vor Freude. Nun war Gott doch zu ihm gekommen.

Doch dann erkannte er die Frau. Sie wohnte oben im gleichen Haus. Seit ihr Mann verun-

glückt war, lebte sie allein mit ihrem Jungen. Sie sah müde und traurig aus. Konrad erfuhr, dass sie drei Nächte lang nicht mehr geschlafen hatte, weil ihr kleiner Sohn Petja so krank war. Er lag still da, und das Fieber stieg immer höher. Die Frau tat Konrad leid. Und so ging er mit. Gemeinsam wickelten sie Petja in feuchte Tücher. Konrad blieb am Bett des kranken Kindes, während die Frau sich ein wenig ausruhte.
Als er endlich wieder in seine Stube zurückkehrte, war es weit nach Mitternacht. Müde und enttäuscht legte sich Konrad schlafen. Der Tag war vorüber. Gott war nicht gekommen. Plötzlich hörte er eine Stimme. „Danke", sagte die Stimme, „danke, dass ich mich bei dir aufwärmen durfte – danke, dass du mir den Weg nach Hause gezeigt hast – danke für den Trost und die Hilfe, die du mir gegeben hast. – Ich danke dir, Konrad, dass ich heute bei dir sein durfte."

Legende aus Russland

22

Herbergssuche aktuell

So machten wir uns denn auf nach Norden.
Wir, das sind meine Frau, meine Tochter Sabine und unser kleiner Jockel. Für unsere Reise gab es eigentlich keinen triftigen Grund, Erbschaftsangelegenheiten oder so. – Wir waren zu Weihnachten ganz einfach bei Verwandten eingeladen. Diese Einladung bedeutete für uns sehr viel, denn wir lebten zurückgezogen in einer süddeutschen Kleinstadt, bis vor einigen Jahren eine ganz normale Familie, aber dann auf einmal gemieden von den Freunden und Bekannten und auch von der Verwandtschaft im Stich gelassen.
Und was war der Grund?
Unser Jockele, der so sehnlich erwartete „Stammhalter", war eines dieser armen Geschöpfe, die aus einem unerfindlichen Grund von der Natur benachteiligt sind und nicht den vollen Reifegrad der Entwicklung erreichen. Er war also ein behindertes Kind, wie man heute zu sagen pflegt. Es war ein harter Schlag für uns alle und wir brauch-

ten lange, bis wir begriffen hatten, was da geschehen war.
Nun aber zählte das alles nicht, Weihnachten stand vor der Tür und wir durften alles hinter uns lassen und reisen an einen Ort, wo liebe Menschen für uns die Lichter anzünden würden und wo wir uns an einen gedeckten Tisch setzen durften.
Also – auf geht's! – Alles verlief reibungslos und zunächst kamen wir auch zügig voran. In regelmäßigen Abständen legten wir Pausen ein, und nichts trübte unsere Freude und Erwartung.
Allmählich wurde der Verkehr dichter, aber es war ja klar, auch andere Leute wollten sich über Weihnachten besuchen. Als wir schon weit mehr als die Hälfte unserer Wegstrecke hinter uns hatten, passierte es dann doch, dass wir in einen Stau gerieten, der uns viel Zeit kostete. Zu allem Unglück fingt es jetzt auch noch an zu schneien, sodass das Fahren in der beginnenden Dämmerung immer beschwerlicher wurde. Unsere Sabine – normalerweise immer fröhlich und zuversichtlich – drückte sich einsilbig in ihre Ecke und kämpfte gegen den Schlaf an. Jockele war recht unruhig geworden, denn der Schnee flößte ihm Angst ein.

Schließlich sagte meine Frau: „Es hat keinen Sinn mehr, wir müssen irgendwo übernachten und morgen früh weiterfahren."

Mir war es recht.

Wir fuhren von der Autobahn herunter und erreichten auch schnell ein Dorf. Leider hatte aber der eine der beiden Gasthöfe ganz geschlossen und der andere nahm über die Feiertage keine Gäste auf.

Wir blieben auf der Landstraße und klapperten die Orte in der Umgebung ab. Leider ohne Erfolg. Wer nicht über das Fest ohnehin geschlossen hatte, war entweder belegt oder hatte einen Vertrag mit irgendeinem Reiseunternehmen. Langsam wurden wir recht mutlos.

Doch halt, dort hinten sind noch Lichter – viele, scheint was Größeres zu sein. Versuchen wir dort unser Glück. Ein Transparent über der Straße verkündete, dass über Weihnachten irgendein Verein der französischen Partnerstadt zu Gast war. Wir fanden sogar eine Zimmervermittlung, erfuhren dort allerdings, dass alle verfügbaren Quartiere bereits belegt seien. Nach nochmaligem Durchsuchen der Liste fand sich aber ein Bauernhof, der möglicherweise noch ein paar Betten zu vergeben hätte.

Nun würde also doch noch alles gut werden! Wir fuhren durch die hell erleuchteten Straßen, aus den Fenstern drang Lachen und Musik, man war dabei, sich zu verbrüdern. Unschwer fanden wir den Hof, breit und behäbig lag er da, ein großes Dach verstärkte noch den Eindruck einer selbstgefälligen Eigenständigkeit. Als wir vor dem Haus hielten, fing ein Hund an zu bellen, bald darauf erschien die Bäuerin unter der Tür. Ich trug unser Anliegen vor und zunächst bestand berechtigte Hoffnung auf Aufnahme für diese Nacht.
Doch dann trat sie wie von ungefähr an den Wagen heran, um zu sehen, „welche Vögel ihr da ins Haus fliegen" – wie sie verschmitzt meinte. Sie kam sich dabei ungemein witzig vor. Ein paarmal huschten ihre Augen über die Gesichter der Familie im Innern des Wagens – zufrieden, wie es mir schien. Doch auf einmal blieben sie bei Jockele stehen und nach einer Pause, die uns endlos erschien, sagte sie mit ganz verändertem Gesichtsausdruck. „Ich kann Sie nicht aufnehmen, mit diesem Kind nicht." Und schon war sie im Haus verschwunden.
Wir waren wie vom Schlag getroffen. Freude und Erwartung waren wie weggeblasen, als schwar-

zes Ungetüm stand nun die Nacht vor uns. Plötzlich spürte ich wieder den bitteren Geschmack auf der Zunge, den ich so gut kannte. Ich ließ den Motor aufheulen und raste davon. Meine Frau weinte still vor sich hin. – Soll es nun gehen, wie es will, jetzt heißt es eben die Zähne zusammenbeißen.

Doch halt, wie sieht es mit dem Benzin aus? Ich werde lieber noch einmal tanken. Hoffentlich gibt es noch eine offene Tankstelle um diese Zeit! Es gab noch eine kurz vor der Auffahrt zur Autobahn. Ein alter Mann bediente uns. Er war recht gesprächig und fragte, ob wir es noch weit hätten. Als er unser Reiseziel hörte, meinte er: „Da kommen Sie aber ganz schön in die Nacht hinein!" Obwohl es nicht meine Absicht gewesen war, erzählte ich ihm nun doch von unserer vergeblichen Suche nach einem Nachtquartier und von der großen Enttäuschung, die wir gerade erlebt hatten.

Eine Weile blickte er nachdenklich vor sich hin, doch dann hellte sich sein Gesicht auf und er sagte: „Ich mache Ihnen einen Vorschlag. Bleiben Sie heute Nacht bei mit. Hinter dem Laden befindet sich ein kleiner Raum mit einem Bett, manchmal lege ich mich ein wenig hin während der Nacht. Campingliegen sind auch noch da, sodass wir für jeden ein Nachtlager herrichten können. Es ist zwar nicht komfortabel, aber Sie können sich wenigstens ausstrecken und ruhen."

Bevor eine Welle von Rührung in mir hochstieg, fragte ich schnell: „Aber wo schlafen denn Sie dann?"

„Bei mir ist das nicht so wichtig, ich kann morgen wieder schlafen."

Schon holte er einen Wasserkessel und brühte Tee auf.

Wir holten unseren Proviant aus dem Wagen und bald saßen wir um den kleinen Tisch beim Nachtmahl. So gut hat es uns schon lange nicht mehr geschmeckt. Währenddessen hantierte unser Hauswirt eifrig im Nebenraum herum und tatsächlich, für jeden von uns war ein Lager bereit. Es dauerte nicht mehr lange und wir lagen müde, aber glücklich auf unseren Betten. Als es hell wurde am nächsten Morgen, standen wir frisch und erholt auf.

Es war der 24. Dezember. Ein kleiner Christbaum stand geschmückt da und wartete nur darauf, dass seine Kerzen angezündet würden. In unseren Herzen brannte es schon, das Weihnachtslicht, denn wir hatten in dieser Nacht etwas Wunderbares erlebt. Die Güte und Barmherzigkeit eines alten Mannes hatten uns aufgerichtet aus tiefer Verzagtheit und Traurigkeit. Getröstet und zuversichtlich konnten wir nun unsere Reise fortsetzen.

Hedwig Brenn-Kaiser

Der kleine Tannenbaum

Es war einmal ein kleiner Tannenbaum im tiefen Tannenwalde, der wollte so gerne ein Weihnachtsbaum sein. Aber das ist gar nicht so leicht, als man das meistens in der Tannengesellschaft annimmt, denn der Heilige Nikolaus ist in der Beziehung sehr streng und erlaubt nur den Tannen als Weihnachtsbaum in Dorf und Stadt zu spazieren, die dafür ganz ordnungsmäßig in seinem Buch aufgeschrieben sind.
Das Buch ist ganz erschrecklich groß und dick, so wie sich das für einen guten alten Heiligen geziemt. Und damit geht er im Walde herum in den klaren kalten Winternächten und sagt es allen den Tannen, die zum Weihnachtsfeste bestimmt sind. Dann erschauern die Tannen, die zur Weihnacht erwählt sind, vor Freude und neigen sich dankend. Dazu leuchtet des Heiligen Heiligenschein und das ist sehr schön und sehr feierlich.
Und der kleine Tannenbaum im tiefen Tannenwalde, der wollte so gerne ein Weihnachtsbaum sein.

Aber manches Jahr schon ist der Heilige Nikolaus in den klaren kalten Winternächten an dem kleinen Tannenbaum vorbeigegangen und hat wohl ernst und geschäftig in sein erschrecklich großes Buch geguckt, aber auch nichts und gar nichts dazu gesagt.
Der arme kleine Tannenbaum war eben nicht ordnungsmäßig vermerkt – und da ist er sehr, sehr traurig geworden und hat ganz schrecklich geweint, so dass es ordentlich tropfte von allen Zweigen.
Wenn jemand so weint, dass es tropft, so hört man das natürlich, und diesmal hörte das ein kleiner Wicht, der ein grünes Moosröcklein trug, einen grauen Bart und eine feuerrote Nase hatte und in einem dunklen Erdloch wohnte. Das Männchen aß Haselnüsse, am liebsten hohle, und las Bücher, am liebsten dicke, und war ein ganz boshaftes kleines Geschöpf.
Aber den Tannenbaum mochte es gerne leiden, weil es oft von ihm ein paar grüne Nadeln geschenkt bekam für sein gläsernes Pfeifchen, aus dem es immer blaue ringelnde Rauchwolken in die goldene Sonne blies – und darum ist der Wicht auch gleich herausgekommen, als er

den Tannenbaum so jämmerlich weinen hörte, und hat gefragt: „Warum weinst du denn so erschrecklich, dass es tropft?“

Da hörte der kleine Tannenbaum etwas auf zu tropfen und erzählte dem Männchen sein Herzeleid. Der Wicht wurde ganz ernst und seine glühende Nase glühte so sehr, dass man befürchten konnte, das Moosröcklein finge Feuer, aber es war ja nur die Begeisterung, und das ist nicht gefährlich. Der Wichtelmann war also begeistert davon, dass der kleine Tannenbaum im tiefen Tannenwalde so gerne ein Weihnachtsbaum sein wollte, und sagte bedächtig, indem er sich aufrichtete und ein paarmal bedeutsam schluckte:

„Mein lieber kleiner Tannenbaum, es ist zwar unmöglich, dir zu helfen, aber ich bin eben ich und mir ist es vielleicht doch nicht unmöglich, dir zu helfen. Ich bin nämlich mit einigen Wachslichtern, darunter mit einem ganz bunten, befreundet, und die will ich bitten, zu dir zu kommen. Auch kenne ich ein großes Pfefferkuchenherz, das allerdings nur flüchtig – aber jedenfalls will ich sehen, was sich machen lässt. Vor allen aber – weine nicht mehr so erschreck-

lich, dass es tropft." Damit nahm der kleine Wicht einen Eiszapfen in die Hand als Spazierstock und wanderte los durch den tief verschneiten Wald, der fernen Stadt zu. Es dauerte sehr, sehr lange, und am Himmel schauten schon die ersten Sterne der heiligen Nacht durchs winterliche Dämmergrau auf die Erde hinab, und der kleine Tannenbaum war schon wieder ganz traurig geworden und dachte, dass er nun doch wieder kein Weihnachtsbaum würde.
Aber da kam's auch schon ganz eilig und aufgeregt durch den Schnee gestapft, eine ganze kleine Gesellschaft: der Wicht mit dem Eiszapfen in der Hand und hinter ihm sieben Lichtlein – und auch eine Zündholzschachtel war dabei, auf der sogar was draufgedruckt war und die so kurze Beinchen hatte, dass sie nur mühsam durch den Schnee wackeln konnte. Wie sie nun alle vor dem kleinen Tannenbaum standen, da räusperte sich der kleine Wicht im Moosröcklein vernehmlich, schluckte ein paar mal ganz bedeutsam und sagte:
„Ich bin eben ich – und darum sind auch alle meine Bekannten mitgekommen. Es sind sieben Lichtlein aus allervornehmstem Wachs,

darunter sogar ein buntes, und auch die Zündholzschachtel ist aus einer ganz besonders guten Familie, denn sie zündet nur an der braunen Reibfläche. Und jetzt wirst du also ein Weihnachtsbaum werden. Aber was das große Pfefferkuchenherz betrifft, das ich nur flüchtig kenne, so hat es auch versprochen zu kommen, es wollte sich nur noch ein Paar warme Filzschuhe kaufen, weil es gar so kalt ist draußen im Walde. Eine Bedingung hat es freilich gemacht: Es muss gegessen werden, denn das müssen alle Pfefferkuchenherzen, das ist nun mal so. Ich habe schon einen Dachs benachrichtigt, den ich sehr gut kenne und dem ich einmal in einer Familienangelegenheit einen guten Rat gegeben habe. Er liegt jetzt im Winterschlaf, doch versprach er, als ich ihn weckte, das Pfefferkuchenherz zu verspeisen. Hoffentlich verschläft er's nicht!"
Als das Männchen das alles gesagt hatte, räusperte es sich wieder vernehmlich und schluckte ein paarmal gar bedeutsam und dann verschwand es im Erdloch. Die Lichtlein aber sprangen auf den kleinen Tannenbaum hinauf und die Zündholzschachtel, die aus so guter Familie war, zog sich ein Zündholz nach dem anderen aus dem

Magen, strich es an der braunen Reibfläche und steckte alle die Lichtlein der Reihe nach an. Und wie die Lichtlein brannten und leuchteten im tief verschneiten Walde, da ist auch noch keuchend und atemlos vom eiligen Laufen das Pfefferkuchenherz angekommen und hängte sich sehr freundlich und verbindlich mitten in den grünen Tannenbaum, trotzdem es nun doch die warmen Filzschuhe unterwegs verloren hatte und arg erkältet war.
Der kleine Tannenbaum aber, der so gerne ein Weihnachtsbaum sein wollte, der wusste gar nicht, wie ihm geschah, dass er nun doch ein Weihnachtsbaum war. Am anderen Morgen aber ist der Dachs aus seiner Höhle gekrochen, um sich das Pfefferkuchenherz zu holen. Und wie er ankam, da hatten es die kleinen Englein schon gegessen, die ja in der Heiligen Nacht auf die Erde dürfen und die so gerne die Pfefferkuchenherzen speisen. Da ist der Dachs sehr böse geworden und hat sich bitter beklagt und ganz furchtbar auf den kleinen Tannenbaum geschimpft.
Dem aber war das ganz einerlei, denn wer einmal in seinem Leben seine heilige Weihnacht

gefeiert hat, den stört auch der frechste Frechdachs nicht mehr.

Manfred Kyber

24

Der Christbaum der armen Kinder

Kinder sind ein seltsames Volk. Sie drängen sich in Träume und Gedanken. Vor Weihnachten und dann wieder am Christabend selbst begegnete mir regelmäßig an einer bestimmten Straßenecke ein kleiner Junge. Trotz der grimmigen Kälte war er fast sommermäßig gekleidet. Er ging mit dem „Händchen", so lautet der technische Ausdruck, und er bedeutet betteln.

Den Ausdruck haben diese Jungen selbst erfunden. Solche Jungen wie er gibt es eine Menge, sie laufen einem überall über den Weg und jammern etwas Auswendiggelerntes. Dieser aber jammerte nicht und sprach auch unschuldig und außergewöhnlich, und seine Augen sahen mich voll Vertrauen an.

Solch ein junger Wildling weiß oft so gut wie nichts, weder in welchem Land er wohnt noch welcher Nation er angehört, ob es einen Gott gibt, einen Zaren oder – ja, man spricht von so viel Unwissenheit bei ihnen, dass man es kaum glauben kann. Und dennoch sind dies Tatsachen. Doch ich bin ein Schriftsteller, und ich glaube, diese ‚Geschichte' habe ich selbst erfunden. Aber es scheint mir, dass sie irgendwann, irgendwo wirklich geschehen sei, am Christabend in einer großen Stadt und bei arger Kälte.

Ich sehe einen kleinen Jungen, der in einem feuchten und kalten Keller erwachte. Er hatte nur ein altes Kittelchen an und zitterte vor Kälte. Er sah seinen Atem, der wie ein weißer Dampf seinem Mund entströmte, und da es langweilig war, auf dem Koffer im Winkel zu sitzen, so hauchte er immer wieder diesen Atem recht stark heraus und sah dann zu, wie der Dampf sich ballte und verschwand.

Aber er hatte Hunger und wollte etwas essen. Er war schon mehrmals zu der Lagerstätte gegangen, wo auf einem alten, dünnen Schlafsack, irgendein Bündel Kissen unter dem Kopf, seine kranke Mutter lag. Wie sie hierher kam? Vermutlich war sie mit ihrem Jungen aus einer anderen Stadt gekommen und hier erkrankt. Die Winkelvermieterin des Kellers war schon vor zwei Tagen

von der Polizei abgeführt worden, und die anderen Winkelmieter hatten sich verlaufen.
Auf dem Flur fand der Junge etwas zu trinken, aber eine Brotkruste war nirgends zu finden, und wieder versuchte er, seine Mutter aufzuwecken. Ihm wurde schließlich bange in der Dunkelheit: Es war schon längst dunkel geworden, aber niemand machte Licht. Als seine Hand das Gesicht der Mutter berührte, wunderte er sich, dass es so kalt war wie die Wand. „Das ist hier aber mal kalt!“, dachte er, und dabei fiel ihm sein Mützchen ein, das auf seinem Lager lag. Als er es aufgesetzt hatte, beschloss er, den Kellerraum zu verlassen. Und schon stand er draußen.
O Gott, was war das für eine Stadt! Dort, von wo er mit der Mutter gekommen war, war es so finster wie die Nacht. Die Fenster der niedrigen Häuser wurden abends mit Läden verschlossen; auf der Straße war, sobald nur die Dämmerung sank, niemand mehr zu sehen. Doch warm war es dort gewesen, und man hatte ihm zu essen gegeben. Hier aber – ach, wenn er doch nur etwas zu essen hätte! Und was ist das nur für Lärm und Gesumm, und wie viel Licht und Menschen und Pferde und Wagen – und die Kälte! Aus den Nüstern der heiß-

gejagten Tiere strömt weißer Dampf, durch den weichen, lockeren Schnee schlagen die Hufe zuweilen hell klingend auf das Steinpflaster. Und wie die Menschen sich alle drängen! Und, lieber Gott, wie gern er etwas essen würde, wenn auch nur ein kleines Stückchen, gleichviel was. Und die Finger schmerzen so sehr.

Und da ist wieder eine andere Straße. Da ist es aber wirklich schön. Aber was ist denn das? Oh, was für ein großes Fenster, und hinter dem Fenster ist ein Zimmer, und in diesem Zimmer ist ein Baum bis an die Decke, ein Christbaum, eine große Tanne, und an der flimmern so viel Flämmchen, so viele goldene Sachen und hängen Äpfel, und ringsum sind Püppchen und Pferde, und Kinder laufen im Zimmer umher, und alle sind sie so festlich gekleidet, so sauber und schön, und sie lachen und spielen und trinken und essen schönes Naschwerk. Und da hört man auch Musik, durch die großen Scheiben hört man sie ganz deutlich. Der kleine Junge schaut und wundert sich, aber dann spürt er doch wieder, dass ihn die Hände so schmerzen, und er läuft weiter.

Wieder sieht er durch ein Fenster ein Zimmer. Dort sind mehrere solcher Bäume, aber nicht so große, und auf den Tischen sind lauter Kuchen, rote und gelbe und weiße und braune, und hinter dem langen Tisch stehen vier reichgekleidete Damen, und jedem, der an den Tisch kommt, geben sie von ihrem schönen Kuchen. Die Tür öffnet sich jeden Augenblick, und viele Menschen gehen von der Straße zu ihnen hinein. Der Junge steht und guckt; und wie die Tür sich wieder öffnet, da schlüpft auch er hinein.

Ach, wie man böse ist, ihn anschreit und fortjagt! Eine von den Damen kommt schnell auf ihn zu, gibt ihm eine Kopeke, und dann öffnet sie selbst die Tür und schickt ihn wieder hinaus auf die Straße … Wie er erschrak! Die Kopeke fiel ihm gleich aus der Hand und schlug klingend auf die Treppenstufe. Er konnte die blauroten Finger nicht mehr biegen, um sie zu halten.

So schnell er kann, läuft er weiter. Aber wohin? Er ist so traurig, so bitter traurig, darüber, dass er sich so allein und verlassen fühlt, und Bangigkeit will wieder über ihn kommen. Doch plötzlich – was gibt es dort wieder zu sehen? Da stehen die Menschen dicht gedrängt und staunen: Hinter großen Scheiben stehen drei kleine Puppen in roten und grünen Kleidchen, und ein alter Mann spielt auf einer großen Geige, zwei andere spielen auf kleinen Geigen und nicken dazu im Takt mit den Köpfen. Zuerst dachte das Kind, dass sie alle wirklich lebendig seien, als es aber dann erriet und sich überzeugte, dass es Püppchen waren, da musste es lachen. Solche Püppchen hatte der Kleine noch nie gesehen.

Plötzlich fühlte er, dass ihn jemand hinten am Röckchen packt: Ein großer Junge steht hinter ihm, haut ihn plötzlich auf den Kopf, reißt ihm das Mützchen ab und versetzt ihm einen derben Tritt. Der Kleine fällt hin. Doch da schreit schon alles und schilt, dass ihm angst und bange wird und er aufspringt und läuft und läuft, bis die hellen Straßen hinter ihm liegen. Unter einem Hoftor kriecht er auf einen fremden Hof und hockt sich dort hinter einem Holzstapel hin. „Hier wird man mich nicht finden, und es ist auch dunkel", denkt er.

Und so hockt er ganz still und kauert sich zusammen und kann kaum noch atmen vor Angst. Aber plötzlich, ganz plötzlich, wird ihm so wohl, die Füße und Hände schmerzen nicht mehr, und ihm wird so warm wie auf einem Ofenbänkchen. „Ich werde hier noch ein Weilchen sitzen, und dann gehe ich wieder zu den Püppchen", denkt er und lächelt in Gedanken an sie. Und dann ist es ihm, als höre er auf einmal seine Mutter singen, ganz leise, aber er hört es doch. „Mama, ich schlafe – ach, wie ist es hier schön zu schlafen."

„Komm zu mir, zum Christbaum, es ist Weihnacht, Kind", flüstert über ihm eine Stimme. Er denkt, das wäre nun seine Mama, aber nein, das ist sie nicht. Wer rief ihn denn? Das sieht er nicht, aber jemand beugt sich über ihn und umfängt ihn in der Dunkelheit, und er streckt ihm die Hand entgegen – da plötzlich – oh, wie viel Licht! Welch ein Christbaum! Es leuchtet und strahlt alles um ihn, viele schöne Puppen überall – doch nein, das sind ja alles kleine Knaben und Mädchen. Sie schweben, sie küssen ihn, sie tragen ihn mit sich fort. Er fühlt, dass er schon schwebt – und dort, ja dort ist seine Mama, die nickt und lächelt ihm selig zu.

„Mama! Mama! Ach, wie ist es hier schön, Mama!", ruft der Junge. Er umarmt die Kinder und will ihnen schnell alles von den Püppchen erzählen. „Wer seid ihr, Jungen, und wer seid ihr, Mädchen?", fragt er sie lachend und hat sie alle schon lieb.

„Es ist hier Weihnacht beim Christkind", antworteten sie ihm, „das ist hier im Himmel immer ein Christfest für all die kleinen Kinder, die auf Erden keinen Christbaum haben." Und er erfährt, dass alle die Jungen und Mädchen einst auf Erden ebensolche Kinder waren wie er.
Die Mütter dieser Kinder stehen auch dort. Sie weinen, und eine jede erkennt ihren Jungen oder ihr Mädchen, die nun zu ihnen schweben und sie küssen. Sie wischen ihnen die Tränen mit ihren Händen von den Wangen und bitten sie, nicht zu weinen, denn sie hätten es jetzt ja so gut …

Fjodor Dostojewskij

Inhaltsverzeichnis

Quellennachweis

Bilder

Kerzenillustrationen: © stock.adobe.com / Chica, S. 10, 83, 139: © stock.adobe.com / yuliya_derbisheva, S. 22, 41: © stock.adobe.com / Kateryna, S. 48: © stock.adobe.com / ozrolf, S. 52: © stock.adobe.com / lineartestpilot, S. 64: © stock.adobe.com / alhontess, S. 73: © stock.adobe.com / Tatsiana Zayats, S. 88: © stock.adobe.com / Gribanessa, S. 93: © stock.adobe.com / poharytska, S. 114: © stock.adobe.com / Elena, S. 124: © stock.adobe.com / Hanna, S. 131: © stock.adobe.com / asife.

Texte

1. *Henriette und Johannes Kuhn:* „Warten lohnt sich – nicht nur im Advent!" © Henriette Kuhn.
4. *Marie Luise Kaschnitz:* Wenn's wieder geschähe – wie vor langer Zeit © MLK-Erbengemeinschaft München.
5. *Susanne Niemeyer:* Der Traum, aus: Dies., Frohe Weihnachten: Jesus klingelt. Neue Weihnachtsgeschichten © 2014, KREUZ VERLAG in der Verlag Herder GmbH, Freiburg i. Br.
7. *Hanna Buiting:* Ausklang, in: Dies., Von Lichtgestalten und Sterneguckern. 24 Glanzpunkte im Advent. © 2017 Neukirchener Verlagsgesellschaft mbH, Neukirchen-Vluyn, S. 46–51.
8. *Matthias Könning:* Der größte Schatz des Königs, aus: Ders., Dein Herz hat tausend Fenster – Geschichten für Advent und Weihnachten, ISBN 9789403611693, © 2020 Matthias Könning, Ahlen.

Bibliografische Information der Deutschen Nationalbibliothek
Die Deutsche Nationalbibliothek verzeichnet diese Publikation in der Deutschen Nationalbibliografie; detaillierte bibliografische Daten sind im Internet über http://dnb.d-nb.de abrufbar.

Besuchen Sie uns im Internet unter
www.st-benno.de

Gern informieren wir Sie unverbindlich und aktuell auch in unserem Newsletter zum Verlagsprogramm, zu Neuerscheinungen und Aktionen. Einfach anmelden unter www.st-benno.de.

ISBN 978-3-7462-6064-8

Covergestaltung: Ulrike Vetter, Leipzig
Covermotiv: © Marianna Pashchuk/shutterstock
Zusammenstellung: Volker Bauch, Gößnitz
Layout & Gesamtherstellung: Kontext, Dresden (A)

9. *Lene Mayer-Skumanz:* Maria und das schwarze Schaf, aus: Dies., Der kleine Fuchs und das Christkind und andere Weihnachtsgeschichten © Tyrolia-Verlag, Innsbruck, 2. Auflage 2009.
10. *Hermann Multhaupt:* Peters Weihnachts-Bücherwunsch, © Alle Rechte beim Autor.
11. *Christa Spilling-Nöker:* Vom Engel, der die Welt verwandeln wollte, aus: Dies., Vom Engel, der die Welt verwandeln wollte und andere Weihnachtsgeschichten © 2006, Verlag Herder GmbH, Freiburg i. Breisgau.
12. *Rudolf Otto Wiemer:* Der Brief, aus: Rudolf Otto Wiemer, Bethlehem ist überall, Gütersloher Verlagshaus, Gütersloh 1976 © Rudolf Otto Wiemer Erben, Hildesheim.
16. *Andreas Laun:* Die 25. Stunde © Alle Rechte beim Autor.
20. *Reinhold Ruthe:* Elfriedes Wunschzettel, aus: Ders., Gott kommt zu uns in einem Kinde – Geschichten und Gedanken zur Weihnachtszeit © 2020 mediaKern GmbH, 46485 Wesel; S. 13.
22. *Hedwig Brenn-Kaiser:* Herbergssuche aktuell © Alle Rechte bei der Autorin.

Wir danken allen Rechteinhabern für die freundlich erteilte Abdruckerlaubnis. Der Verlag hat sich bemüht, alle Rechteinhaber in Erfahrung zu bringen. Für zusätzliche Hinweise sind wir dankbar.